15
अनमोल कहानियां

रवीन्द्रनाथ टैगोर

15 अनमोल कहानियां *by* Rabindranath Tagore

Published by

MAPLE PRESS PRIVATE LIMITED
office: A-63, Sector 58, Noida 201301, U.P., India
phone: +91 120 455 3581, 455 3583
email: info@maplepress.co.in
website: www.maplepress.co.in

Reprint 2021 in India

ISBN: 978-81-94627-54-8

अनुक्रम

गूंगी

कन्या का नाम जब सुभाषिणी रखा गया था तब कौन जानता था कि वह गूंगी होगी। इसके पहले, उसकी दो बड़ी बहनों के सुकेशिनी और सुहासिनी नाम रखे जा चुके थे, इसी से तुकबन्दी मिलाने के हेतु उसके पिता ने छोटी कन्या का नाम रख दिया सुभाषिणी। अब केवल सब उसे 'सुभा' ही कहकर बुलाते हैं।

बहुत खोज और खर्च के बाद दोनों बड़ी कन्याओं के हाथ पीले हो चुके हैं, और अब छोटी कन्या सुभा माता-पिता के हृदय के नीरव बोझ की तरह घर की शोभा बढ़ा रही है। जो बोल नहीं सकती, वह सब-कुछ अनुभव कर सकती है- यह बात सबकी समझ में नहीं आती, और इसी से सुभा के सामने ही सब उसके भविष्य के बारे में तरह-तरह की चिन्ता-फिक्र की बातें किया करते हैं। किन्तु स्वयं सुभा इस बात को बचपन से ही समझ चुकी है कि उसने विधाता के शाप के वशीभूत होकर ही इस घर में जन्म लिया है। इसका फल यह निकला कि वह सदैव अपने को सब परिजनों की दृष्टि से बचाये रखने का प्रयत्न करने लगी। वह मन-ही-मन सोचने लगी कि उसे सब भूल जाएं तो अच्छा हो। लेकिन, जहां पीड़ा है, उस स्थान को क्या कभी कोई भूल सकता है? माता-पिता के मन में वह हर समय पीड़ा की तरह जीती-जागती बनी रहती है।

विशेषकर उसकी माता उसे अपनी ही किसी गलती के रूप में देखती है; क्योंकि प्रत्येक माता पुत्र की अपेक्षा पुत्री को कहीं अधिक अपने अंश के रूप में देखती है। और, पुत्री में किसी प्रकार की कमी होने पर, उसे अपने लिए मानो विशेष रूप से लज्जाजनक बातें समझती है। सुभा के पिता वाणीकंठ तो सुभा को अपनी दोनों बड़ी पुत्रियों की अपेक्षा कुछ अधिक ही स्नेह करते हैं; पर माता उसे अपने गर्भ का कलंक समझकर उससे उदासीन ही रहती है।

सुभा को बोलने की जबान नहीं है, पर उसकी लम्बी-लम्बी पलकों में दो बड़ी-बड़ी काली आंखें अवश्य हैं, और उसके ओष्ठ तो मन के भावों के तनिक से संकेत पर नए पल्लव की तरह कांप-कांप उठते हैं।

वाणी द्वारा हम जो अपने मन के भाव प्रकट करते हैं उसको हमें बहुत कुछ अपनी चेष्टाओं से गढ़ लेना पड़ता है, बस, कुछ अनुवाद करने के समान ही समझिए। और, वह हर समय ठीक भी नहीं होता, ताकत की कमी से बहुधा उसमें भूल हो जाती है। लेकिन खंजन जैसी आंखों को कभी कुछ भी अनुवाद नहीं करना पड़ता, मन अपने-आप ही उन पर छाया डालता रहता है, मन के भाव अपने आप ही उस छाया में कभी विस्तृत होते और कभी सिकुड़ते हैं। कभी-कभी आंखें चमक-दमककर जलने लगती हैं और कभी उदासीनता की कालिमा में बुझ-सी जाती हैं, कभी डूबते हुए चन्द्रमा की तरह टकटकी लगाए न जाने क्या देखती रहती हैं तो कभी चंचल दामिनी की तरह, ऊपर-नीचे, इधर-उधर चारों ओर बड़ी तेजी से छिटकने लगती हैं। और विशेषकर मुंह के भाव के सिवा जिसके पास जन्म से ही और कोई भाषा नहीं, उसकी आंखों की भाषा तो बहुत उदार और अथाह गहरी होती ही है, करीब- करीब साफ-सुथरे नील-गगन के समान। उन आंखों को उदय से अस्त तक, सुबह से शाम तक और शाम से सुबह तक छवि-लोक की निस्तब्ध रंगभूमि ही मानना चाहिए। जिह्वाहीन इस कन्या में विशाल प्रकृति के समान एक जनहीन महानता है; और यही कारण है कि साधारण लड़के-लड़कियों को उसकी ओर से किसी-न-किसी प्रकार का भय-सा बना रहता, उसके साथ कोई खेलता नहीं। वह नीरव दुपहरिया के समान शब्दहीन और संगहीन एकान्तवासिनी बनी रहती।

2

गांव का नाम है चंडीपुर। उसके पार्श्व में बहने वाली सरिता बंगाल की एक छोटी-सी सरिता है, गृहस्थ के घर की छोटी लड़की के समान। बहुत दूर तक उसका फैलाव नहीं है, उसको तनिक भी आलस्य नहीं, वह अपनी इकहरी देह लिये अपने दोनों छोरों की रक्षा करती हुई अपना काम करती जाती है। दोनों छोरों के ग्रामवासियों के साथ मानो उसका एक-न-एक सम्बन्ध स्थापित हो गया है। दोनों ओर गांव हैं, और वृक्षों के छायादार ऊंचे किनारे हैं, जिनके नीचे से गांव की लक्ष्मी सरिता अपने-आपको भूलकर शीघ्रता के साथ कदम बढ़ाती हुई बहुत ही प्रसन्न-चित्त असंख्य शुभ कार्यों के लिए चली जा रही है।

वाणीकंठ का अपना घर नदी के बिल्कुल एक छोर पर है। उसका खपच्चियों का बेड़ा, ऊंचा छप्पर गाय-घर, भुस का ढेर, आम, कटहल और

केलों का बगीचा हरेक नाविक की दृष्टि अपनी ओर आकर्षित करता है। ऐसे घर में, आसानी से चलने वाली ऐसी सुख की गृहस्थी में, उस गूंगी कन्या पर किसी की दृष्टि पड़ती है या नहीं, मालूम नहीं। पर काम-धन्धों से ज्योंही उसे तनिक फुर्सत मिलती, त्योंही झट से वह उस नदी के किनारे जा बैठती।

प्रकृति अपने पार्श्व में बैठकर उसकी सारी कमी को पूर्ण कर देती है। नदी की स्वर-ध्वनि, मनुष्यों का शोर, नाविकों का सुमधुर गान, चिड़ियों का चहचहाना, पेड़-पौधों की मर्मर ध्वनि, सब मिलकर चारों ओर के गमनागमन आन्दोलन और कम्पन के साथ होकर सागर की उत्ताल तरंगों के समान उस बालिका के चिर-स्तब्ध हृदय उपकूल के पार्श्व में आ कर मानो टूट-फूट पड़ती हैं। प्रकृति के ये अनोखे शब्द और अनोखे गीत-यह भी तो गूंगी की ही भाषा है, बड़ी-बड़ी आंखों और उसमें भी बड़ी पलकों वाली सुभाषिणी की जो भाषा है, उसी का मानो वह विश्वव्यापी फैलाव है। जिसमें झींगुरों की झिन-झिन ध्वनि से गूंजती हुई तृणभूमि से लेकर शब्दातीत नक्षत्र-लोक तक केवल इंगित, संगीत, क्रन्दन और उच्छ्वासें भरी पड़ी हैं।

और दुपहरिया को नाविक और मछुए, खाने के लिए अपने-अपने घर जाते, गृहस्थ और पक्षी आराम करते, पार उतारने वाली नौका बन्द पड़ी रहती, जन-समाज अपने सारे काम-धन्धों के बीच में रुककर सहसा भयानक निर्जन मूर्ति धारण करता, तब रुद्र महाकाल के नीचे एक गूंगी प्रकृति और एक गूंगी कन्या दोनों आमने-सामने चुपचाप बैठी रहतीं। एक दूर तक फैली हुई धूप में और दूसरी एक छोटे-से वृक्ष की छाया में।

3

सुभाषिणी की कोई सहेली हो ही नहीं, सो बात नहीं। गौ-घर में दो गायें हैं, एक का नाम है सरस्वती और दूसरी का नाम है पार्वती। ये नाम सुभाषिणी के मुंह से उन गायों ने कभी भी नहीं सुने, परन्तु वे उसके पैरों की मन्थर गति को भलीभांति पहचानती हैं। सुभाषिणी का बिना बातों का एक ऐसा करुण स्वर है, जिसका अर्थ वे भाषा की अपेक्षा कहीं अधिक सरलता से समझ जाती हैं। वह कभी उन पर लाड़ करती, कभी डांटती और कभी प्रार्थना का भाव दर्शाकर उन्हें मनाती और इन बातों को उसकी 'सारो' और 'पारो' इन्सान से कहीं अधिक और भलीभांति समझ जाती हैं।

सुभाषिणी गौ-घर में घुसकर अपनी दोनों बांहों से जब 'सारो' की गर्दन पकड़कर उसके कान के पास अपनी कनपटी रगड़ती है, तब 'पारो' स्नेह की दृष्टि से उसकी ओर निहारती हुई, उसके शरीर को चाटने लगती है। सुभाषिणी दिन-भर में कम-से-कम दो-तीन बार तो नियम से गौ-घर में जाया करती। इसके सिवा अनियमित आना-जाना भी बना रहता। घर में जिस दिन वह कोई सख्त बात सुनती, उस दिन उसका समय अपनी गूंगी सखियों के पास बीतता। सुभाषिणी की सहनशील और विषाद-शान्त चितवन को देखकर वे न जाने कैसी एक अन्य अनुमान शक्ति में उसकी मर्म-वेदना को समझ जातीं और उसकी देह से सटकर धीरे-धीरे उसकी बांहों पर सींग धिस-घिसकर अपनी मौन आकुलता से उसको धैर्य बंधाने का प्रयत्न करतीं।

इसके सिवा, एक बकरी और बिल्ली का बच्चा भी था। उनके साथ सुभाषिणी की गहरी मित्रता तो नहीं थी, फिर भी वे उससे बहुत प्यार रखते और कहने के अनुसार चलते। बिल्ली का बच्चा, चाहे दिन हो या रात, जब-तब सुभाषिणी की गर्म गोद पर बिना किसी संकोच के अपना हक जमा लेता और सुख की नींद सोने की तैयारी करता और सुभाषिणी जब उसकी गर्दन और पीठ पर अपनी कोमल उंगलियां फेरती, तब तो वह ऐसे आन्तरिक भाव दर्शाने लगता, मानो उसको नींद में खास सहायता मिल रही है।

4

ऊंची श्रेणी के प्राणियों में सुभाषिणी को और भी एक मित्र मिल गया था, किन्तु उसके साथ उसका ठीक कैसा सम्बन्ध था, इसकी पक्की खबर बताना मुश्किल है। क्योंकि उसके बोलने की जिह्वा है और वह गूंगी है, अतरू दोनों की भाषा एक नहीं थी।

वह था गुसाइयों का छोटा लड़का प्रताप! प्रताप बिल्कुल आलसी और निकम्मा था। उसके माता-पिता ने बड़े प्रयत्नों के उपरान्त इस बात की आशा तो बिल्कुल छोड़ दी थी कि वह कोई काम-काज करके घर-गृहस्थी की कुछ सहायता करेगा।

निकम्मों के लिए एक बड़ा सुभीता यह है कि परिजन उन पर बेशक नाराज रहें पर बाहरी जनों के लिए वे प्रायरू स्नेहपात्र होते हैं, कारण, किसी विशेष काम में न फंसे रहने से वे सरकारी मिलकियत-से बन जाते हैं। नगरों

में जैसे घर के पार्श्व में या कुछ दूर पर एक-आध सरकारी बगीचे का रहना आवश्यक है, वैसे ही गांवों में दो-चार निठल्ले-निकम्मे सरकारी इन्सानों का रहना आवश्यक है। काम-धन्धों में, हास-परिहास में और जहां कहीं भी एक-आध की कमी देखी, वहीं वे चट-से हाथ के पास ही मिल जाते हैं।

प्रताप की विशेष रुचि एक ही है। वह है मछली पकड़ना। इससे उसका बहुत-सा समय आसानी के साथ कट जाता है। तीसरे पहर सरिता के तीर पर बहुधा वह इस काम में तल्लीन दिखाई देता और इसी बहाने सुभाषिणी से उसकी भेंट हुआ करती। चाहे किसी भी काम में हो, पार्श्व में एक हमजोली मिलने मात्र से ही प्रताप का हृदय खुशी से नाच उठता। मछली के शिकार में मौन साथी ही सबसे श्रेयस्कर माना जाता है, अतरू प्रताप सुभाषिणी की खूबी को जानता है और कद्र करता है। यही कारण है कि और सब तो सुभाषिणी को 'सुभा' कहते, किन्तु प्रताप उसमें और भी स्नेह भरकर सुभा को 'सू' कहकर पुकारता।

सुभाषिणी इमली के वृक्ष के नीचे बैठी रहती और प्रताप पास ही जमीन पर बैठा हुआ सरिता-जल में कांटा डालकर उसी की ओर निहारता रहता। प्रताप के लिए उसकी ओर से हर रोज एक पान का बीड़ा बंधा हुआ था और उसे स्वयं वह अपने हाथ से लगा कर लाती। और शायद, बहुत देर तक बैठे-बैठे, देखते-देखते उसकी इच्छा होती कि वह प्रताप की कोई विशेष सहायता करे, उसके किसी काम में सहारा दे। उसके ऐसा मन में आता कि किसी प्रकार वह यह बता दे कि संसार में वह भी एक कम आवश्यक व्यक्ति नहीं। लेकिन उसके पास न तो कुछ करने को था और वह न कुछ कर ही सकती थी। तब वह मन-ही-मन भगवान से ऐसी अलौकिक शक्ति के लिए विनती करती कि जिससे वह जादू-मन्तर से चट से ऐसा कोई चमत्कार दिखा सके जिसे देखकर प्रताप दंग रह जाये, और कहने लगे- "अच्छा! 'सू' में यह करामात! मुझे क्या पता था?"

मान लो, सुभाषिणी यदि जल-परी होती और धीरे-धीरे जल में से निकलकर सर्प के माथे की मणि घाट पर रख देती और प्रताप अपने उस छोटे-से धंधे को छोड़कर मणि को पाकर जल में डुबकी लगाता और पाताल में पहुंचकर देखता कि रजत-प्रासाद में स्वर्ण-जड़ित शैया पर कौन बैठी है? और आश्चर्य से मुंह खोलकर कहता- "अरे! यह तो अपनी वाणीकंठ के घर

की वही गूंगी छोटी कन्या है 'सू'! मेरी 'सू' आज मणियों से जटित, गम्भीर, निस्तब्ध पातालपुरी की एकमात्र जलपरी बनी बैठी है।" तो! क्या यह बात हो ही नहीं सकती, क्या यह नितान्त असम्भव ही है? वास्तव में कुछ भी असम्भव नहीं। लेकिन फिर भी, 'सू' प्रजा-शून्य पातालपुरी के राजघराने में जन्म न लेकर वाणीकंठ के घर पैदा हुई है, और इसीलिए वह आज गुसांइयों के घर के लड़के प्रताप को किसी प्रकार के आश्चर्य से अचम्भित नहीं कर सकती।

5

सुभाषिणी की अवस्था दिन-प्रतिदिन बढ़ती ही जा रही है। धीरे-धीरे मानो वह अपने आपको अनुभव कर रही है। मानो किसी एक पूर्णिमा को किसी सागर से एक ज्वार-सा आकर उसके अन्तराल को किसी एक नवीन अनिर्वचनीय चेतना-शक्ति से भर-भर देता है। अब मानो वह अपने-आपको देख रही है, अपने विषय में कुछ सोच रही है, कुछ पूछ रही है, लेकिन कुछ समझ नहीं पाती।

पूर्णिमा की गाढ़ी रात्रि में उसने एक दिन धीरे-से कक्ष के झरोखे को खोलकर, भयत्रस्तावस्था में मुंह निकाल कर बाहर की ओर देखा। देखा कि सम्पूर्ण-प्रकृति भी उसके समान सोती हुई दुनिया पर अकेली बैठी हुई जाग रही है। वह भी यौवन के उन्माद से, आनन्द से, विषाद से, असीम नीरवता की अन्तिम परिधि तक, यहां तक कि उसे भी पार करके चुपचाप स्थिर बैठी है, एक शब्द भी उसके मुख से नहीं निकल रहा है। मानो इस स्थिर निस्तब्ध प्रकृति के एक छोर पर उससे भी स्थिर और उससे भी निस्तब्ध एक भोली लड़की खड़ी हो।

इधर कन्या के विवाह की चिन्ता में माता-पिता बहुत बेचैन हो उठे हैं और गांव के लोग भी यत्र-तत्र निन्दा कर रहे हैं। यहां तक कि जातिविच्छेद कर देने की भी अफवाह उड़ी हुई है। वाणीकंठ की आर्थिक दशा वैसे अच्छी है, खाते-पीते आराम से हैं और इसी कारण इनके शत्रुओं की भी गिनती नहीं है।

स्त्री-पुरुषों में इस बात पर बहुत-कुछ सलाह-मशविरा हुआ। कुछ दिनों के लिए वाणीकंठ गांव से बाहर परदेश चले गये।

अन्त में, एक दिन घर लौटकर पत्नी से बोले—"चलो, कलकत्ते चले चलें?" कलकत्ता-गमन की तैयारियां पूरे जोर-शोर से होने लगीं। कुहरे से ढके

हुए सवेरे के समान सुभा का सारा अन्तरूकरण अश्रुओं की भाप से ऊपर तक भर आया। भावी आशंका से भयभीत होकर वह कुछ दिनों में मूक पशु की तरह लगातार अपने माता-पिता के साथ रहती और अपने बड़े-बड़े नेत्रों से उनके मुख की ओर देखकर मानो कुछ समझने का प्रयत्न किया करती पर वे उसे, कोई भी बात समझाकर बताते ही नहीं थे।

इसी बीच में एक दिन तीसरे पहर, तट के समीप मछली का शिकार करते हुए प्रताप ने हंसते-हंसते पूछा- "क्यों री सू, मैंने सुना है कि तेरे लिए वर मिल गया है, तू विवाह करने कलकत्ता जा रही है। देखना, कहीं हम लोगों को भूल मत जाना।" इतना कहकर वह जल की ओर निहारने लगा।

तीर से घायल हिरणी जैसे शिकारी की ओर ताकती और आंखों-ही-आंखों में वेदना प्रकट करती हुई कहती रहती है, "मैंने तुम्हारा क्या बिगाड़ा था?" सुभा ने लगभग वैसे ही प्रताप की ओर देखा, उस दिन वह वृक्ष के नीचे नहीं बैठी। वाणीकंठ जब बिस्तर से उठकर धूम्रपान कर रहे थे। सुभा उनके चरणों के पास बैठकर उनके मुख की ओर देखती हुई रोने लगी। अन्त में बेटी को ढाढस और सान्त्वना देते हुए पिता के सूखे हुए कपोलों पर अश्रु की दो बूंदें ढुलक पड़ीं।

कल कलकत्ता जाने का शुभमुहूर्त है। सुभा ग्वाल-घर में अपनी चिर-संगिनियों से विदा लेने के लिए गई। उन्हें अपने हाथ से खिलाकर गले में बांह डालकर वह अपनी दोनों आंखों से खूब जी-भर के उनसे बातें करने लगी। उसके दोनों नेत्र अश्रुओं के बांध को न रोक सके।

उस दिन शुक्ला-द्वादशी की रात थी। सुभा अपनी कोठरी में से निकल कर उसी जाने-पहचाने सरिता-तट के कच्चे घाट के पास घास पर औंधी लेट गई। मानो वह अपनी और अपनी गूंगी जाति की पृथ्वी माता से अपनी दोनों बांहों को लिपटाकर कहना चाहती है, "तू मुझे कहीं के लिए मत विदा कर मां, मेरे समान तू मुझे अपनी बाहों से पकड़े रख, कहीं मत विदा कर।"

6

कलकत्ते के एक किराये के मकान में एक दिन सुभा की माता ने उसे वस्त्रों से खूब सजा दिया। कसकर उसका जूड़ा बांध दिया, उसमें जरी का फीता लपेट दिया, आभूषणों से लादकर उसके स्वाभाविक सौंदर्य को भरसक मिटा

दिया। सुभा के दोनों नेत्र अश्रुओं से गीले थे। नेत्र कहीं सूख न जायें, इस भय से माता ने उसे बहुत समझाया-बुझाया और अन्त में फटकारा भी, पर अश्रुओं ने फटकार की कोई परवाह न की।

उस दिन कई मित्रों के साथ वह कन्या को देखने के लिए आया। कन्या के माता-पिता चिन्तित, शंकित और भयभीत हो उठे। मानो देवता स्वयं अपनी बलि के पशुओं को देखने आये हों।

अन्दर से बहुत डांट-फटकार बताकर कन्या के अश्रुओं की धारा को और भी तीव्र रूप देकर उसे निरीक्षकों के सम्मुख भेज दिया।

निरीक्षकों ने बहुत देर तक देखभाल के उपरान्त कहा- "ऐसी कोई बुरी भी नहीं है।"

विशेषकर कन्या के अश्रुओं को देखकर वे समझ गये कि इसके हृदय में कुछ दर्द भी है; और फिर हिसाब लगाकर देखा कि जो हृदय आज माता-पिता के बिछोह की बात सोचकर इस प्रकार द्रवित हो रहा है, अन्त में कल उन्हीं के काम वह आयेगा। सीप के मोती के समान कन्या के आंसुओं की बूंदें उसका मूल्य बढ़ाने लगीं। उसकी ओर से और किसी को कुछ कहना ही नहीं पड़ा।

पात्र देखकर, खूब अच्छे मुहूर्त में सुभा का विवाह-संस्कार हो गया।

गूंगी कन्या को दूसरों के हाथ सौंपकर माता-पिता अपने घर लौट आये। और तब कहीं उनकी जाति और परलोक की रक्षा हो सकी।

सुभा का पति पछांह की ओर नौकरी करता है। विवाह के उपरान्त शीघ्र ही वह पत्नी को लेकर नौकरी पर चला गया।

एक सप्ताह के अन्दर ससुराल के सब लोग समझ गये कि बहू गूंगी है, पर इतना किसी ने न समझा कि इसमें उसका अपना कोई दोष नहीं, उसने किसी के साथ विश्वासघात नहीं किया है। उसके नेत्रों ने सभी बातें कह दी थीं, किन्तु कोई उसे समझ न सका। अब वह चारों ओर निहारती रहती है, उसे अपने मन की बात कहने की भाषा नहीं मिलती। जो गूंगे की भाषा समझते थे, उसके जन्म से परिचित थे, वे चेहरे उसे यहां दिखाई नहीं देते। कन्या के गहरे शान्त अन्तरूकरण में असीम अव्यक्त क्रन्दन ध्वनित हों उठा, और सृष्टिकर्ता के सिवा और कोई उसे सुन ही न सका।

अब की बार उसका पति अपनी आंखों और कानों से ठीक प्रकार परीक्षा लेकर एक बोलने वाली कन्या को ब्याह लाया।

अनधिकार प्रवेश

एक दिन प्रातःकाल की बात है कि दो बालक राह किनारे खड़े तर्क कर रहे थे। एक बालक ने दूसरे बालक से विषम-साहस के एक काम के बारे में बाजी बदी थी। विवाद का विषय यह था कि ठाकुरबाड़ी के माधवी-लता-कुंज से फूल तोड़ लाना संभव है कि नहीं। एक बालक ने कहा कि 'मैं तो जरूर ला सकता हूँ' और दूसरे बालक का कहना था कि 'तुम हरगिज नहीं ला सकते।'

सुनने में तो यह काम बड़ा ही सहज-सरल जान पड़ता है। फिर क्या बात थी कि करने में यह काम उतना सरल नहीं था? इस प्रश्न का उत्तर देने के लिए आवश्यक है कि इससे संबंधित वृत्तांत का विवरण कुछ और विस्तार के साथ प्रस्तुत किया जाए।

मंदिर राधानाथ जी का था और उसकी अधिकारिणी स्वर्गीय माधवचंद्र तर्कवाचस्पति की विधवा पत्नी जयकाली देवी थीं।

जयकाली का आकार दीर्घ, शरीर दृढ़, नासिका तीक्ष्ण और बुद्धि प्रखर थी। इनके पतिदेव के जीवनकाल में एक बार परिस्थिति ऐसी हो गई थी कि इस देवोत्तर संपत्ति के नष्ट हो जाने की आशंका उत्पन्न हो गई थी। उस समय जयकाली ने सारा बाकी-बकाया देना अदा करके, हद-चौहद्दी पक्की करके और लंबे अरसे से बेदखल जायदाद को दखल-कब्जे में ला करके सारा मामला साफ-सूफ कर दिया था। किसी की यह मजाल नहीं थी कि जयकाली को उनके प्राप्य धन की एक कानी कौड़ी से भी वंचित कर सके।

स्त्री होने पर भी उनकी प्रकृति में पौरुष का अंश इतने प्रचुर परिमाण में था कि उनका यथार्थ संगी कोई भी नहीं हो सका था। स्त्रियाँ उनसे भय खाती थीं। परनिंदा, ओछी बात, रोना-धोना या नाक बजाना उन्हें तनिक भी सहन नहीं होता था। पुरुष भी उनसे डरे-डरे रहते थे। कारण यह था कि चंडी-मंडप की बैठक-बाजी में ग्रामवासी भद्र-पुरुषों का जो अगाध आलस्य व्यक्त होता था, उसे वह एक प्रकार के नीरव घृणापूर्ण तीक्ष्ण कटाक्ष से कुछ इतना धिक्कार सकती थीं कि उनकी धिक्कार आलसियों की स्थूल जड़ता को भेदकर सीधे अंतर में उतर पड़ता था।

प्रबल घृणा करने एवं उस घृणा को प्रबलतापूर्वक प्रगट करने की असाध
ारण क्षमता इस प्रौढ़ा विधवा में थी। विचार-निर्णय से जिसे अपराधी मान लेतीं, उसे वाणी और मौन से, भाव और भंगिमा से बिलकुल ही जलाकर भस्म कर डालना ही उनका स्वभाव था।

उनके हाथ गाँव के समस्त हर्ष-विषाद में, आपद्-संपद् में और क्रिया-कर्म में निरलस रूप से व्यस्त रहते थे। हर कहीं अतिसहज भाव से और अनायास ही अपने लिए गौरव का स्थान अधिकार कर लिया करती थीं। जहाँ कहीं भी वह उपस्थित होतीं वहाँ उनके अपने अथवा किसी अन्य उपस्थित व्यक्ति के मन में इस संबंध में रत्ती-भर भी संदेह नहीं रहता था कि सबके प्रधान के पद पर तो वही हैं।

रोगी की सेवा में वह सिद्धहस्त थीं, पर रोगी उनसे इतना भय खाता कि कोई यम से भी क्या डरेगा! पथ्य या नियम का लेशमात्र भी उल्लंघन होने पर उनका क्रोधानल रोगी को रोग के ताप की अपेक्षा कहीं अधिक उत्तप्त कर डालता था।

यह दीर्घाकृति कठिन-स्वभाव विधवा गाँव के मस्तक पर विधाता के कठोर नियम-दंड की भाँति सदा उद्यत रहती थीं। किसी को भी यह साहस नहीं हो सकता था कि वह उन्हें प्यार करे अथवा उनकी अवहेलना करे।

विधवा निस्संतान थीं। उनके घर में उनके दो मातृ-पितृहीन भतीजे पाले-पोसे जा रहे थे। यह तो कोई नहीं कह सकता था कि पुरुष अभिभावक के अभाव में इन बालकों पर किसी प्रकार का शासन नहीं था अथवा स्नेहांध फूफी-माँ के लाड़-दुलार के कारण वे बिगड़े जा रहे थे। बड़ा भतीजा अठारह वर्ष का हो गया था। अब तक उसके विवाह के प्रस्ताव भी आने लगे थे। परिणय बंधन के संबंध में उस बालक का अपना चित्त भी कोई उदासीन नहीं था। परंतु फूफी-माँ ने उसकी इस सुख-वासना को एक दिन के लिए भी कोई प्रश्रय नहीं दिया। वह कठिन हृदयतापूर्वक कहती कि नलिन पहले उपार्जन करना आरंभ कर ले तो पीछे घर में बहू लाएगा। फूफी-माँ के मुख से निकले इस कठोर वाक्य से पड़ोसिनों के हृदय विदीर्ण हो जाते।

ठाकुरबाड़ी जयकाली का सबसे अधिक प्यारा धन था। उसके लिए उनके यत्नों का कोई अंत न था। ठाकुरजी के सेवन, मज्जन, अशन-वसन-शयन आदि में तिल-भर त्रुटि भी कदापि नहीं हो सकती थी। पूजा-कार्य में नियुक्त

दोनों ब्राह्मण देवता की अपेक्षा इस एक मानवी ठकुरानी से कहीं अधिक भयभीत रहते थे। पहले एक समय ऐसा भी था कि देवता के नाम पर उत्सर्ग किया हुआ पूरा नैवेद्य देवता को मिल नहीं पाता था। परंतु जयकाली के शासनकाल में पुजापे के शत-प्रतिशत अंश ठाकुरजी के भोग में ही लगते थे।

विधवा के यत्न से ठाकुरबाड़ी का प्रांगण स्वच्छता के मारे चमचमाता रहता था। कहीं एक तिनका तक भी पड़ा नहीं पाया जा सकता था। एक पार्श्व में मंच का अवलंबन करके माधवी-लता का वितान फैला था। उसके किसी शुष्क पत्र के झरते ही जयकाली उसे उठाकर बाहर डाल आती थीं। ठाकुरबाड़ी की परंपरागत परिपाटी से परखी जाने वाली परिच्छन्नता एवं पवित्रता में रंच मात्र का व्याघात भी विधवा के लिए नितांत असहनीय था। पहले तो टोले के लड़के लुका-छिपी खेलने के उपलक्ष्य में इस प्रांगण में प्रवेश करके इसके किसी प्रांतभाग में आश्रय ग्रहण किया करते थे और कभी-कभी टोले की बकरियों के पठरू भी पैठकर माधवी लता के वल्कलांश का थोड़ा-बहुत भक्षण कर जाया करते थे। परंतु जयकाली के काल में न तो लड़कों को वह सुयोग मिल पाता और न छागल-शिशुओं को ही। पर्व-दिवसों के अतिरिक्त कभी भी बालकों को मंदिर के प्रांगण में प्रवेश का अवसर नहीं मिल पाता था और छागल-शिशु भी दंड-प्रहार का आघात मात्र खाकर सिंहद्वार के पास से ही तीव्र स्वरों में अपनी अजा-जननी का आह्वान करते हुए लौट जाने को विवश हो जाते थे।

परम आत्मीय व्यक्ति भी यदि अनाचारी हो तो देवालय के प्रांगण में प्रवेश करने के अधिकार से सर्वथा वंचित रहना पड़ता था। जयकाली के एक बावरची-कर-पक्क-कुक्कुट-मांस-लोलुप-भगिनी-पति महोदय आत्मीय संदर्शन के उपलक्ष्य में ग्राम में उपस्थित होकर मंदिर के प्रांगण में प्रवेश का उपक्रम कर रहे थे कि जयकाली ने शीघ्रतापूर्वक तीव्र आपत्ति प्रकट की थी, जिसके कारण उनके लिए अपनी सहोदरा भगिनी तक से संबंध-विच्छेद की संभावना उपस्थित हो गई थी। इस देवालय के संबंध में विधवा को इतनी अतिरिक्त एवं अनावश्यक सतर्कता थी कि सर्वसाधारण के निकट तो वह बहुत-कुछ आडंबर सी प्रतीत होती थी।

अन्यत्र तो जयकाली सर्वत्र ही कठिन-कठोर थीं, उन्नत मस्तक थीं, स्वतंत्र निर्बंध थीं। परंतु केवल इस मंदिर के सम्मुख उन्होंने संपूर्ण रूप से आत्मसमर्पण

कर दिया था। मंदिर में प्रतिष्ठित विग्रह के प्रति वह एकांत भाव से जननी, पत्नी, दासी आदि सब-कुछ थीं। उसके संबंध में वे सदैव सतर्क, सुकोमल, सुंदर एवं संपूर्णतरू अवनम्र थीं। प्रस्तर-निर्मित यह मंदिर तथा इसमें प्रतिष्ठित प्रस्तर-प्रतिमा ये दो वस्तुएँ ही ऐसी थीं, जो उनके निगूढ़ नारी-स्वाभाव की एकमात्र चरितार्थक के विषय थीं। यही दो वस्तुएँ उनके स्वामी और पुत्र के स्थान पर थीं। यही दो उनका समस्त थीं।

इसी से पाठक समझ लेंगे कि जिस बालक ने मंदिर-प्रांगण से माधवी-मंजरी का आहरण करने की प्रतिज्ञा की थी, उसका साहस भी असीम रहा होगा। वह बालक और कोई नहीं, जयकाली का भ्रातुष्पुत्र नलिन था। वह अपनी फूफी-माँ को बड़ी भली तरह जानता था, तथापि उसकी दुर्दांत प्रकृति किसी प्रकार के भी शासन के वशवर्ती नहीं होती थी। जहाँ कहीं भी विपद की संभावना होती, वहाँ उसे एक विचित्र आकर्षण महसूस होता और जहाँ कहीं भी शासन या प्रतिबंध होता, वहाँ उल्लंघन करने के लिए उसका चित्त चंचल हो उठता। अनुश्रुति है कि अपने बाल्यकाल में उसकी फूफी-माँ का स्वभाव भी ठीक ऐसा ही था।

उस समय जयकाली मातृ-स्नेह मिश्रित भक्तिपूर्वक ठाकुरजी पर अपनी दृष्टि निबद्ध किए दालान में बैठी अनन्य-अभिनिविष्ट मन से माला जप रही थीं।

बालक पीछे से अशब्द-पदसंचारपूर्वक आकर माधवी-लता वितान तले खड़ा हो गया। उसने देखा कि निम्नतर शाखाओं के फूल तो पूजा के निमित्त तोड़े जाकर निरूशेष हो चुके थे। गत्यंतर न देख उसने अत्यंत धीरे-धीरे और बहुत ही सावधानीपूर्वक लता मंच पर आरोहण किया। उच्चतर प्रशाखाओं पर विकचोन्मुख कलिकाएँ देखकर उन्हें तोड़ने के लिए ज्यों ही उसने अपने शरीर एवं बाहु को प्रसारित किया, त्योंही उस प्रबल प्रयास के भार से माधवी-लता का जीर्ण मंच चरम शब्दपूर्वक टूट पड़ा। मंचाश्रित लता एवं बालक दोनों एकत्र ही भूमिसात् हुए।

जयकाली हड़बड़ाकर दौड़ी आई। उन्होंने अपने भ्रातुष्पुत्र की कीर्ति का अवलोकन किया। बलपूर्वक उसकी भुजा पकड़ के उसे मिट्टी से उठाया। आघात तो उसे यथेष्ट लगा था, किंतु उस आघात को दंड नहीं माना जा सकता था, क्योंकि वह तो ज्ञान-संज्ञाहीन जड़ का आघात था। अतएव मंचपतित

बालक की व्यथित देह पर जयकाली का ज्ञान संज्ञायुक्त शासन-दंड मुहुर्मुहरू बलपूर्वक वर्षित होने लगा। बालक ने बिंदु-मात्र भी अश्रुपात किए बिना ही उनके दंड को नीरवतापूर्वक सहन किया। इस पर उसकी फूफी माँ ने उसे घसीटकर घर में अवरुद्ध कर दिया। उसके उस दिन के सांयकालिक आहार का निषेध कर दिया गया।

आहार-निषेध का समाचार सुनकर दासी मोक्षदा ने कातर कंठ एवं जल-छलछल नेत्र से बालक को क्षमादान करने का अनुरोध किया। परंतु जयकाली का हृदय विगलित नहीं हुआ। उस घर में ऐसा दुरूसाहसी व्यक्ति कोई नहीं था, जो ठकुरानी को सूचना-वंचित रखकर गुप्त रूप से उस धुधित बालक के लिए खाद्य की व्यवस्था कर देता।

विधवा माधवी-मंच के पुनरू संस्कार के लिए श्रमिक बुलाने का आदेश देकर पुनर्वार माला लेकर दालान में आ बैठीं। कुछ समय व्यतीत होने के पश्चात् मोक्षदा अत्यंत भयभीत भाव से उनके निकट गई और बोली, “ठकुरानी माँ, छोटे बाबू भूख के मारे बिलख रहे हैं, उन्हें थोड़ा-सा दूध ला दूँ?”

जयकाली ने अविचलित मुख-मुद्रा से कहा, “नहीं!”

मोक्षदा लौट गई। अदूरवर्ती कुटीर-गृह से नलिन का करुण क्रंदन क्रम-क्रम से बढ़ता हुआ क्रोध के गर्जन के रूप में परिणत हो उठा-पर गर्जन-पर्व भी समाप्त हुआ और अंत में, बहुत देर के पश्चात् उसकी कातरता का परिश्रांत उच्छ्वास रह-रहकर जप-निरता फूफी माँ के कर्ण-कुहरों में पहुँच-पहुँचकर ध्वनित होने लगा।

नलिन का आर्त्त कंठ परिश्रांत एवं मौनप्राय हो चला था कि किसी और निकटवर्ती जीव की भीत एवं कातर ध्वनि कर्ण-गोचर होने लगी तथा उसके संग-संग ही धावमान मनुष्यों का दूरवर्ती चीत्कार शब्द उसके साथ मिश्रित होकर मंदिर के सम्मुखवर्ती मार्ग पर एक कोलाहल के रूप में उत्थित हो उठा।

सहसा मंदिर-प्रांगण में कोई पद-शब्द सुनाई पड़ा। पीछे मुड़कर जयकाली ने देखा कि भूपर्यस्त माधवी-लता आंदोलित हो रही है।

रोषपूर्ण कंठ से पुकारा, “नलिन!”

कोई उत्तर नहीं मिला। जयकाली ने समझा कि दुर्दम नलिन किसी उपाय से बंदीशाला से पलायन करके मुझे चिढ़ाने आया है।

यही सोचकर वह अत्यंत कठिन मुद्रा बनाकर एवं अधर के ऊपर ओष्ठ को अत्यंत कठिन रूप से दाबकर प्रांगण में उतर आई।

लता-कुंज के निकट आकर पुनर्वार पुकारा, "नलिन!"

उत्तर प्राप्त नहीं हुआ। उन्होंने माधवी की शाखा को उठाकर देखा कि एक अत्यंत ही मलिन-शूकर ने प्राण-भय से भीत होकर घन-पल्लव के अंतराल में आश्रय लिया है।

जो लता वितान इष्टक-निर्मित प्राचीर से परिवेष्ठित उस प्रांगण में वृंदा-विपिन का संक्षिप्त प्रतिरूप हो, जिसकी विकसित कुसुम-मंजरी का सौरभ गोपिता-वंद के सुरभित निरूश्वास का स्मरण कराता रहता हो एवं कालिंदी-तीरवर्ती सुख-विहार के सौंदर्य-स्वप्न को जाग्रत करता रहता हो, विधवा जयकाली की उस प्राणाधिक यत्नों से लालित सुपवित्र नंदन-भूमि में अकस्मात् यह कैसा वीभत्स कांड घटित हो गया।

पुजारी ब्राह्मण लाठी लेकर उस मल-मलिन पशु को भगाने दौड़ा। जयकाली तत्क्षण नीचे उतर आई, पुजारी के शूकर-ताड़न कर्म का निषेध किया एवं भीतर से मंदिर प्रांगण का द्वार अवरुद्ध कर दिया।

अनति-काल अतिवाहित होन के पश्चात् सुरा-पान-मत्त डोम-दल मंदिर के द्वार पर उपस्थित होकर बलि-पशु के लिए चीत्कार करने लगा।

रुद्ध द्वार के पीछे खड़ी होकर जयकाली ने कहा, 'लौट जाओ बेटो, लौट जाओ। मेरे मंदिर को अपवित्र मत कर बैठना।'

डोमों का दल लौट गया। वे प्रायरू प्रत्यक्ष देखकर भी इस बात पर विश्वास नहीं कर सके कि जयकाली ठकुरानी अपने राधानाथ जी के मंदिर में उस अशुचि जंतु को आश्रय दे सकती हैं!

इच्छापूर्ण

सुबलचन्द्र के बेटे का नाम सुशीलचन्द्र है। लेकिन हमेशा नाम के अनुरूप व्यक्ति भी हो ऐसा कतई जरूरी नहीं। तभी तो सुबलचन्द्र दुर्बल थे और उनका बेटा सुशीलचन्द्र बिलकुल भी शांत नही बल्कि बहुत चंचल था।

उनका बेटा सुशील पुरे मोहल्ले को परेशान कर रखता था इसलिए कभी-कभी पिता, पुत्र को नियंत्रण में रखने के लिए भाग कर आते लेकिन पिता के पैर में गठिया का दर्द और बेटा भागता था हिरन जैसा। नतीजा थप्पड़, लात, मार कुटाई कुछ भी सही जगह पर नहीं पड़ता था। लेकिन सुशीलचन्द्र जिस दिन पकड़ में आता उस दिन उसके पिता के हाथों से बचा पाना किसी के सामर्थ्य में नहीं रहता।

आज शनिवार के दिन स्कूल में दो बजे ही छुट्टी हो जाती है लेकिन आज सुशील का किसी भी तरह स्कूल जाने का मन नही हो रहा था। इसके बहुत सारे कारण थे। पहले तो आज स्कूल में भूगोल की परीक्षा है दूसरे, मोहल्ले के बोस निवास में आज पटाखे फोड़ने का कार्यक्रम तय है। सुबह से ही वहाँ धूमधाम चल रही है। सुशील की इच्छा है आज सारा दिन वहाँ बिताये।

बहुत सोचने के बाद सुशील स्कूल जाने के समय अपने बिस्तर पर जा कर लेट गया। उसके पिता ने आकर पूछा- 'क्या रे, इस समय बिस्तर पर पड़ा है, आज स्कूल नही जाना क्या?'

सुशील बोला, 'मेरे पेट में मरोड़ उठ रहे है, आज मैं स्कूल नहीं जा पाऊंगा।'

पिता सुबल उसके झूठ को समझ गये, मन-ही-मन बोले, 'रुक! आज तेरा कुछ उपाय करना ही होगा।' सुशील से बोले, 'पेट में मरोड़ उठ रहे है?' फिर तो आज कहीं जाने की जरूरत नहीं। बोस निवास में पटाखे देखने हरि को अकेले ही भेज देता हूँ, तुम यहाँ चुपचाप पड़े रहो मैं अभी तुम्हारे लिए पाचक तैयार कर के लाता हूँ।'

सुशील के कमरे से निकल कर बाहर सांकल लगा दिया और बहुत कड़वा सा एक पाचक तैयार करने चले गये। सुशील तो अब भारी मुश्किल में पड़

गया। लेमनचूस खाना उसे जितना ही अच्छा लगता था उतना ही बुरा पाचक खाने में लगता था उसे तो अब मुसीबत नजर आने लगी थी। उधर बोस निवास जाने के लिए तो कल रात से ही उसका मन छटपटा रहा था, लेकिन।।।

सुबलचन्द्र जब एक बड़े से कटोरे में कड़वा पाचक ले कर कमरे में आये तो सुशील तुरंत बिस्तर से उतर गया और बोला, 'मेरा पेट दर्द एकदम ठीक हो गया है। मैं आज स्कूल जाऊंगा।'

पिता बोलें, 'न ना! आज जाने की जरूरत नहीं। तुम पाचक खा कर चुपचाप सोये रहो।' ये बोल कर सुबलचन्द्र जबरदस्ती सुशील को पाचक खिला कर बाहर से कमरे में ताला लगा कर चले गये।

सुशील बिस्तर पर पड़े रोते-रोते सारा दिन केवल मन-ही-मन यही कहता रहा, 'काश, मैं अगर बाबा के जितनी उम्र का होता तो कितना अच्छा होता जो मेरे इच्छा होती वही करता और कोई मुझे ऐसे कमरे में बंद कर के नहीं जा पाता।'

उसके पिता सुबल चन्द्र बाहर अकेले बठे बैठे सोच रहे थे, 'मेरे माता पिता मुझे बहुत ज्यादा ही प्यार दुलार देते थे इसलिए मैं अच्छी तरह पढाई लिखाई कुछ भी नहीं कर पाया। काश, यदि फिर से बचपन मिल जाता तो फिर कुछ भी हो जाए पहले की तरह समय बर्बाद नही कर के , मन लगा कर पढाई करता।'

इच्छापूरण देव उस समय उनके घर के सामने से जा रहे थे। वो पिता और पुत्र के मन की इच्छा जान कर सोचने लगे। 'अच्छा कुछ दिन इन लोगों की इच्छा पूरी कर के देखा जाये।'

ये सोच कर वो पिता से बोले, 'तुम्हारी इच्छा पूरी होगी। कल होते ही तुम तुम्हारे बेटे की उम्र प्राप्त करोगे।' बेटे से जा कर बोले, 'कल होते ही तुम तुम्हरे पिता के उम्र के हो जाओगे।' सुन कर दोनों ही बहुत खुश हो गए।

वृद्ध सुबलचन्द्र रात में ठीक से सो नहीं पाते थे भोर के वक्त थोड़ी नींद आ जाती थी। लेकिन आज पता नहीं क्या हुआ उन्हें भोर होते ही एकदम कूद कर बिस्तर से नीचे उतर आये। उन्होंने देखा कि वो बहुत छोटे हो गये है। उनके दांत जो गिर गये थे सब अपनी जगह पर आ गये हैं, दाढ़ी मूंछ सब गायब। रात में जो धोती और कुरता पहन कर सोये थे वो इतना बड़ा हो गया है की उसकी आस्तीन झूल कर जमीन छू रही थी। कुरते का गला छाती

तक उठ आया है और धोती इतनी बड़ी की जमीन पर ठीक से पाँव रख कर चल भी नहीं पा रहे।

हमारे सुशील बाबू रोज उठते ही दुरात्मा की तरह दौड़ते फिरते है, लेकिन आज उनकी नींद ही नहीं टूट रही; जब अपने पिता सुबल चन्द्र के चिल्लाने की आवाज से उसकी नींद खुली तो देखा उसके पहने हुए कपड़े इस तरह छोटे हो कर चिपक गये हैं की उसके चीथड़े हो कर शरीर से अलग हो जायेंगे। पूरा शरीर बढ़ गया है, काले सफेद दाढ़ी-मूंछ के कारण आधा चेहरा दिखाई ही नहीं देता; उसके सर पर कितने बाल थे लेकिन आज हाथ फेर कर देख रहा सामने से गंजा हो गया जो की दिन के उजाले में चमक रहा है। आज सुशील चन्द्र कई बार उठने के प्रयास में इस तरफ उस तरफ करते हुए बार बार सो जा रहा है लेकिन अंत में अपने पिता के इतनी चीख पुकार के मारे उसे उठना ही पड़ा।

दोनों के ही मन की इच्छा पूरी हुई लेकिन बहुत मुश्किलें भी खड़ी हो गयी। पहले ही बताया था कि सुशील चन्द्र की इच्छाएँ थी यदि अपने पिता की उम्र का हो जायेगा तो स्वाधीन होगा, पेड़ पर चढ़ कर तालाब में कूदेगा, कच्चे आम खायेगा, चिड़ियों के बच्चे पकड़ेगा, पूरी दुनियां घुमेगा- फिरेगा और जब इच्छा होगी घर में आ कर जो इच्छा हो वही खायेगा कोई उसे कुछ नहीं कहेगा। लेकिन आश्चर्य! उस दिन सवेरे से उसे पेड़ पर चढ़ने की इच्छा ही नहीं हुई, पानी देख कर कूदने की इच्छा तो दूर उसे लग रहा था की अगर कूदा तो उसे बुखार आ जायेगा। वो चुपचाप बरामदे में एक चटाई बिछा कर बैठ सोचने लगा।

एकबार मन में आया खेल-कूद एकदम से छोड़ देना ठीक नहीं होता, एक बार कोशिश कर के ही देखा जाये। ये सोच कर पास ही एक आमड़ा पेड़ था उसी पर चढ़ने की कोशिश करने लगा। कल तक जिस पेड़ पर वो गिलहरी की तरह झटपट चढ़ जा रहा था आज इस बूढ़े शरीर के साथ किसी भी तरह संभव नहीं हो रहा था। पेड़ की एक नाजुक डाल पर शरीर का भार देते ही वो डाल भारी शरीर का भार वहन ना कर पायी और टूट कर जमीन पर गिर गयी, साथ में बूढा सुशील चन्द्र भी धड़ाम से गिर पड़ा। पास के सड़क पर लोग जा रहे थे उन्होंने जब एक बूढ़े को बच्चे की तरह पेड़ पर चढ़ने की कोशिश करते देखा तो हँसते हँसते बेहाल हो गये। सुशील शर्म से सर नीचा

किये हुए फिर से उसी चटाई पर आ कर बैठ गया। नौकर से बोला, 'सुनो, बाजार से एक रूपये का लेमनचूस खरीद लाओ।'

लेमनचूस का सुशील चन्द्र को विशेष लोभ था। स्कूल के पास के दूकान में वो रंग बिरंगे लेमनचूस सजाया हुआ देखता; दो-चार पैसे जो भी मिलते उसी से लेमनचूस खाता था। सोचता था जब पिता के जितना बड़ा हो जायेगा तब पॉकेट भर भर कर लेमनचूस खरीदेगा और जी भर कर खायेगा। आज नौकर एक रुपये में ढेर सारा लेमनचूस खरीद कर ला दिया उसी में से एक उठा कर उसने अपने दन्त विहीन मुंह में डाल कर चूसने लगा लेकिन बूढ़े मुंह में बच्चों की पसंद का लोजेंस स्वाद मुताबिक नहीं बल्कि बेस्वाद लग रहा था। एक बार सोचा 'ये सब छोटे हो गये बाबा को खिलाया जाये', लेकिन दुसरे ही पल सोचा, 'ना! देना ठीक नहीं होगा, ये सब खा कर तबियत खराब हो जाएगी।'

कल तक जो लड़के छोटे सुशील चन्द्र के साथ कबड्डी खेलने आते थे आज वो बूढ़े सुशील चन्द्र को देख छिटक कर दूर चले गये।

सुशील सोचा करता था पिता की तरह आजाद होने पर वो सारा दिन अपने लड़के-दोस्तों के साथ डू-डू आवाज करते हुए कबड्डी खेलता रहेगा। लेकिन आज राखाल, गोपाल, निवारण,अक्षय, हरीश को देख कर मन-ही-मन खीज उठा, सोचा, अभी चुपचाप यहाँ बैठा हूँ अभी लड़के आयेंगे और अचानक ही हुडदंग मचाने लगेंगे।

पहले ही बताया है, सुबलचन्द्र अपने बरामदे में बैठ कर रोज सोचा करते थे मैं जब छोटा था शैतानी कर-कर के केवल समय ही बर्बाद किया है, अगर बचपन दुबारा मिल जाये तो एक बार शांत और अच्छे बच्चे की तरह सारा दिन कमरे का दरवाजा बंद कर के सिर्फ पढाई-लिखाई करूँगा। यहाँ तक कि शाम को दादीमाँ के पास कहानी सुनने भी नहीं जाऊंगा, रात दस-ग्यारह बजे तक प्रदीप जला कर पढाई पूरी करूँगा।

लेकिन बचपन वापस पा कर वो किसी भी तरह स्कूल जाने को तैयार नही। सुशील तंग हो कर बोलता, 'बाबा स्कूल नहीं जायेंगे क्या?' सुबलचन्द्र मुंह नीचे कर सर खुजाते हुए धीरे-धीरे कहते, आज मेरे पेट में मरोड़ उठ रहे हैं, आज स्कूल नही जा सकूँगा। सुशील चन्द्र नाराज हो कर बोला, जायेंगे कैसे नहीं? स्कूल जाते समय मेरा भी इस तरह खूब पेट दर्द हुआ है, मैं ये सब खूब जानता हूँ।'

छोटा सुशील नित नये उपाय निकाल कर स्कूल से अनुपस्थित रहता था कि इस वक्त सुबल चन्द्र का उसे झांसा देने का कोई भी उपाय व्यर्थ था। सुशील जबरदस्ती छोटे पिता को स्कूल भेजने लगा। स्कूल से लौट कर छोटा पिता खेलने-कूदने और उधम मचाने लग जाता लेकिन, उसी समय वृद्ध सुशील चन्द्र एक रामायण की किताब ले कर सस्वर पाठ करना आरम्भ कर देते। सुबल चन्द्र के उधम मचाने के कारण वृद्ध पुत्र के पढने में व्यवधान उत्पन्न होता था इसलिए छोटे पिता को नियंत्रण में रखने के लिए उसे एक स्लेट पकड़ा देता जिसमें बहुत कठिन-कठिन गणित के सवाल होते। इतने कठिन सवालों में से एक ही हल करने में छोटे पिता का एक घंटा निकल जाता। शाम को बूढ़े सुशीलचन्द्र के कमरे में और कई बूढ़े मिल कर शतरंज खेला करते। उस समय सुबलचन्द्र को ठंडा रखने के लिए सुशीलचन्द्र ने एक मास्टर रख दिया, मास्टर रात दस बजे तक उसे पढ़ाता रहता।

भोजन के विषय में सुशील बड़ा कडक था ,क्योंकि उसके पिता सुबलचन्द्र जब वृद्ध थे उन्हें अपना खाना ठीक से हजम नहीं होता था, थोडा सा भी ज्यादा खा ले तो खट्टे डकार आने लगते थे-ये बात सुशील चन्द्र को अच्छी तरह याद थी इसीलिए वो अपने पिता को कैसे भी अधिक खाने नहीं देता था। इधर सुबलचन्द्र के छोटे हो जाने के बाद से पेट में जैसे आग लगी रहती हमेशा ही भूख लगती जैसे पत्थर भी खाये तो हजम हो जाये ऐसी स्थिति हो गयी थी। सुशील उन्हें इतना कम खाने देता कि भूख के मारे वो छटपट करते। अंत में सूख कर उनके शरीर की हड्डियाँ बाहर दिखने लगी। सुशील सोचा, जरूर कोई गंभीर बीमारी हुई है इसलिए वो तरह-तरह की दवाइयां खिलाने लगा।

बूढ़े सुशील को भी रोज मुश्किलें आने लगीं। वो अपने पहले की आदत अनुसार जो भी करने जाता उसे सह्य नहीं हो रहा था। पहले मोहल्ले में कहीं भी नाटक-नौटंकी की खबर सुनता तो घर से भाग कर ठीक पहुँच जाता था, चाहे जाड़ा-बरसात कुछ भी हो। आज का सुशील ऐसा करते हुए सर्दी लग कर खांसी शरीर दर्द के साथ तीन सप्ताह के लिए बिस्तर पकड लिया। हमेशा से ही वो तालाब में नहाता है लेकिन आज भी वही करने से हाथ-पाँव में गठिया का दर्द और सुजन उभर आया, जिसकी चिकत्सा करने में छह महीने लग गये। उसके बाद से ही वो गर्म पानी से ही नहाता है और पिता सुबलचन्द्र

को भी तालाब में नहाने जाने नहीं देता। पुरानी आदत मुताबिक भूल कर जब भी पलंग से कूद कर उतरने जाता तो हाथ पैर की हड्डियाँ टनटना जाती है। मुंह में एक पूरा पान ठूंस का उसे ध्यान आता है कि उसे दांत नहीं हैं, चबाने में बहुत ही कष्ट है। बाल सवांरने के लिए कंघी सर पर चलाते ही याद आता है कि सर पर तो बाल ही नहीं। जब कभी ये भूल जाता है कि वो अपने पिता की उम्र का हो गया है और पहले की तरह शैतानी करते हुए बूढी आनंदी बुआ की मटकी पर पत्थर मारने लगता तो लोग बूढ़े को बच्चों की तरह शरारत करते देख मारो-मारो, चिल्ला कर मारने दौड़ते। तब वो खुद ही संकोच में पड़ कर चुपचाप घर में घुस जाता।

सुबल चन्द्र भी कभी-कभी भूल जाता कि वो अब बूढ़ा से छोकरा हो गया है और जा कर वहां बैठ जाता जहाँ और बूढ़े लोग ताश-पासा खेल रहे होते और बूढों की तरह ही बातें करता तो वहाँ लोग उसे भगाने लगते कहते, 'जाओ-जाओ जा कर खेलो यहाँ बैठ कर बड़ों के बीच बड़ा बनने को चेष्टा मत करो।' अचानक भूल कर मास्टर से भी बोल पड़ता, 'जरा तम्बाकू दो तो, तलब लगी है' सुन कर मास्टर जी उसे एक पाँव पर बेंच पर खड़ा कर देते। इसी तरह एक दिन नाई को बोला, 'कितने दिन हो गये तू मेरी दाढ़ी बनाने नहीं आया?'नाई भी उसकी ओर देख कर जवाब दिया, 'आऊंगा और 10 साल बीतने दो फिर आऊंगा।' फिर कभी-कभी आदत मुताबिक जा कर अपने बेटे सुशील को पिटता तो सुशील उनसे कहता, 'पढाई लिखाई कर के यही शिक्षा मिली है, एक रत्ती लड़का और बड़ों पर हाथ उठाना?' वैसे आस-पास लोग जमा हो जाते और कोई थप्पड़ तो कोई डांट तो कोई समझाने लगता।

तब सुबल एकनिष्ठ हो कर प्रार्थना करने लगता, आहा! अगर मैं अपने बेटे सुशील की तरह बुढा हो जाऊं और आजाद रहूँ तो कितना ही अच्छा हो!'

इधर सुशील भी मन ही मन हाथ जोड़ कर प्रार्थना करता, ' हे देवता, मुझे मेरे पिता की तरह छोटा कर दो कितना अच्छा होगा मैं पहले की तरह ही खेल-कूद, घूमना-फिरना कर सकूँगा!'

पिता जी जिस तरह शैतानी करने लगे हैं उन्हें अब और मैं संभाल नही सकता। पहले ही तो अच्छा था।

तब इच्छापूरण देव आ कर बोले, 'कैसा लग रहा है, तुम दोनों की इच्छ पूरी हुई न! शौक मिटा या नहीं?'

दोनों ही साष्टांग हो कर देवता से बोले, 'दुहाई हो! हम जैसे थे हमें फिर से वैसा ही बना दीजिये। सब शौक मिट गये।

देवता बोले, 'ठीक है कल सुबह नींद से जागने पर तुम दोनों पूर्ववत हो जाओगे।'

दुसरे दिन सुबल चन्द्र फिर से बूढ़े और सुशील फिर से बच्चा बन गया। दोनों को लगा जैसे कोई सपना देख कर अभी नींद से जागे हों।

सुबल चन्द्र आवाज भारी कर के आवाज लगाये, 'सुशील, व्याकरण याद नहीं करना है।'

सुशील सर खुजाते हुए मुंह नीचा कर के बोला, 'पिताजी, मेरी व्याकरण की किताब खो गयी है।'

इच्छापूर्ति

सुबलचंद्र के लड़के का नाम सुशीलचंद्र था। लेकिन अब ऐसा तो होता नहीं है कि जैसा नाम हो, आदमी भी वैसा ही हो। 'सुबल' का मतलब है 'ताकतवर', लेकिन वह तो कुछ दुबला-पतला ही था, और 'सुशील' का मतलब है 'अच्छे स्वभाव वाला', पर, वह तो ऐसा नहीं था।

सुशील अपनी करतूतों से पड़ोस में सभी को परेशान किये रखता था। पर, उसके पिता भी उसको कुछ नहीं कह पाते थे क्योंकि वह उनकी पकड़ में नहीं आता था। वे ठहरे गठिया के रोगी भागना-दौड़ना उनके लिए आसान न था, और सुशील था फुर्तीला, जब देखो तब चंपत हो जाता था।

वह शनिवार का दिन था, स्कूल जल्दी बंद हो जाता था। पर, सुशील स्कूल नहीं जाना चाहता था क्योंकि उस दिन क्लास टेस्ट था। इसके अलावा, वह सारा दिन शाम होने वाली पटाखेबाजी की तैयारी में बिताना चाहता था।

जब स्कूल जाने का समय हुआ तो उसने अपने पिता से कहा कि वह स्कूल नहीं जायेगा क्योंकि उसके पेट में दर्द हो रहा है। सुबल को पता था कि उसका पेट-दर्द कैसे भगाया जा सकता है, सो उसने कहा, 'फिर तुम घर पर ही रह सकते हो। हरि पटाखेबाजी देख आयेगा। मैं तुम्हारे लिए कुछ टॉफियाँ भी लाया था पर, अब तो तुम उन्हें नहीं खा सकोगे। हाँ, मैं तुम्हारे लिए कड़वी दवा ले आता हूँ!' यह कहकर उसने दरवाजे पर ताला लगाया और बाहर चला गया।

अब सुशील अजीब उलझन में था। वह टॉफियों से जितना प्यार करता था, दवा से उतनी ही नफरत थी। और अब तो वह पटाखेबाजी देखने भी नहीं जा सकेगा।

जब सुशील के पिता कप में दवाई लेकर लौटे तो वह झट से उठ खड़ा हुआ, और बोला, 'मैं अब ठीक हूँ। मैं सोच रहा हूँ स्कूल चला जाऊँ।' उसके पिता ने उसे जबरदस्ती दवा पिला दी, आराम करने के लिए कहा, और फिर दरवाजे पर ताला लगाकर चले गए।

सुशील दिन भर रोता रहा और यही सोचता रहा कि अगर मैं अपने पिता जितना बड़ा होता, तो मैं भी जो चाहे कर सकता था, और मुझे कोई कमरे में बंद नहीं कर सकता था। सुशील का पिता भी बाहर बैठा हुआ सोच रहा था, मेरे माता-पिता के लाड-प्यार ने मुझे बिगाड़ दिया था। मैंने ठीक से पढ़ाई नहीं की। अगर मुझे मेरा बचपन वापस मिल जाए तो मैं समय बिल्कुल बर्बाद नहीं करूंगा और ठीक से पढाई करूंगा।

संयोग से, इच्छा पूरी करने वाली देवी उस समय उधर से गुजर रही थी उसने उन लोगों की इच्छाएँ सुन लीं और मन ही मन कहा, चलो थोड़ी देर के लिए इनकी इच्छाएँ पूरी कर देती हूँ, फिर देखती हूँ कि क्या होता है।

वह पिता के पास पहुँची और बोली अब से वह अपने बेटे जैसा हो जाएगा, उसी की उम्र का और बेटे से उसने कहा कि वह पिता जितनी उम्र का हो जाएगा।

सुबह-सुबह बूढ़ा सुबलचंद्र बिस्तर से उछल कर खड़ा हुआ। उसने पाया कि उसका शरीर छोटा-सा हो गया है, मुँह के सारे दाँत आ गए हैं। रात को उसने जो कपड़े पहने थे, वे उसके लिए बहुत ढीले और बड़े हो गए हैं। नतीजा यह था कि उसकी धोती नीचे घिसट रही थी और उसका चलना-फिरना मुश्किल हो रहा था।

उधर सुशीलचंद्र जो सुबह उठते ही शरारतें शुरू कर देता था, इस सुबह बिस्तर से उठ भी नहीं सका। अंत में उसके पिता की चीख-चिल्लाहट ने उसे उठने पर मजबूर कर दिया। उसके कपड़े इतने तंग हो गए थे कि पहने नहीं जा रहे थे। उसके सफेद दाढ़ी-मूछ उग आई थीं, और उन्होंने उसके चेहरे को आधा ढँक लिया था, उसके घने बालों की जगह, उसका सिर एक चमकता हुआ-सा सफाचट मैदान हो गया था।

दोनों की इच्छाएँ पूरी हो चुकी थीं, लेकिन इस बदलाव से बहुतेरी गड़बड़ियाँ होनी शुरू हो गई थीं। सुशील अपने पिता की तरह बनना चाहता था जिससे कि वह जो भी चाहे कर सके। उसने सोचा था कि वह पेड़ों पर चढ़ेगा, तालाब में छलांग लगाएगा, हरे-कच्चे आमों का स्वाद लेगा, और बस इधर-उधर घूमता फिरेगा। लेकिन अचरज की बात यह थी कि उस सुबह इनमें से कुछ भी करने का मन नहीं हो रहा था। इनकी जगह, वह बरामदे में एक चटाई बिछाकर न जाने क्या सोचता हुआ बैठा रहा।

फिर उसके ध्यान में यह बात आई कि उसे खेलना-कूदना बिल्कुल छोड़ नहीं देना चाहिए, और उसने पेड़ पर चढ़ने की कोशिश की। एक दिन पहले इस पेड़ पर वह गिलहरी की तरह चढ़ गया था, लेकिन आज तो वह चढ़ ही नहीं पाया। उसने एक कच्ची डाल को पकड़ कर चढ़ना चाहा, पर वह डाल ही टूट गई और वह जमीन पर धम्म से गिर पड़ा। उधर से गुजर रहे लोग उस बूढ़े को बच्चों जैसी हरकतें करते देखकर हँसने लगे। सुशील बिल्कुल जड़ हो गया, वह चटाई पर आकर बैठ गया, और उसने नौकर को पुकार कर कहा, 'जाओ मेरे लिए एक रुपये की टॉफियाँ ले आओ।'

सुशील को टॉफियाँ हमेशा से पसंद थीं। जब भी उसके पास पैसे होते वह स्कूल के पास वाली दुकान से टॉफियाँ खरीदता था।

उसकी यह इच्छा थी कि जब उसके पास पिता जितना पैसा रहा करेगा तो वह टॉफियों से अपनी जेबें भर लेगा। नौकर उसके लिए पूरे एक रुपये की टॉफियाँ ले आया। उसने एक अपने पोपले मुँह में रखी और उसे चूसने लगा। लेकिन वह तो बूढ़ा था और बच्चों वाली मीठी चीजें अब उसे इतना पसंद नहीं आती थीं। उसने सोचा, चलो मैं इन्हें अपने बालक पिता को दे देता हूँ। लेकिन फिर उसने सोचा कि यह ठीक नहीं रहेगा, अगर उसने ज्यादा टॉफियाँ खा लीं तो वह बीमार पड़ सकता है।

सभी लड़के जो कल तक सुशील के साथ खेल-खेला करते थे उसे बूढ़े के रूप में देखकर भाग खड़े हुए।

सुशील ने सोचा था कि अगर वह अपने पिता की तरह अपनी मर्जी का मालिक बन जाएगा, तो वह अपने दोस्तों के साथ दिन-दिन भर खेला करेगा। लेकिन आज अपने दोस्तों की ओर देखकर उसे खीझ हुई। उसे लगा, मैं तो यहाँ शांति से बैठा हुआ हूँ और ये धमाचौकड़ी मचाने के लिए आ गए हैं!

पहले चटाई पर बैठा हुआ सुशील इस बात को लेकर चिंता कर रहा था कि अपने बचपन में पढ़ाई-लिखाई न करके उसने कितना समय बर्बाद किया है, और अगर उसे बचपन वापस मिल जाए तो वह अपनी भूल सुधार लेगा।

लेकिन अब, जब सुबल की इच्छा पूरी हो गई थी तो स्कूल जाने के ख्याल मात्र से उसे कँपकँपी छूटने लगती थी। जब कुछ गुस्से से भरा हुआ सुशील

उससे आकर कहता, 'पिताजी, क्या आप स्कूल नहीं जा रहे हो?' तो सुबल अपना सिर खुजाने लगता था और कहता था, 'मेरे पेट में दर्द हो रहा है।'

सुशील इस पर खीझ उठता था, और कहता था- 'स्कूल न जाने के ये सारे बहाने मुझे मालूम हैं। मैं भी ऐसे ही बहाने बनाता था।'

सचमुच, सुशील को ये सब बातें इतनी अच्छी तरह पता थीं कि उसके पिता की सारी बहानेबाजी सुशील के आगे बेकार हो जाती। और सुशील अपने नन्हें पिता को स्कूल जाने के लिए मजबूर कर देता। जैसे ही सुबल स्कूल से लौटता, बूढ़ा सुशील जोर-जोर से रामायण का पाठ शुरू कर देता और सुबल को सामने बैठाकर उससे कहता कि वह सवाल हल करे।

शाम को दूसरे बुजुर्ग लोग सुशील के पास शतरंज खेलने के लिए आ जाते, सुशील ने, उसी समय सुबल को पढ़ाने के लिए एक टड्डूटर रख दिया, और उसकी कोचिंग देर रात तक चलती रहती।

सुशील को यह भी पता था कि जब उसका पिता बूढ़ा था तो ज्यादा खा लेने पर उसका पेट खराब हो जाता था। इसलिए वह उसे अधिक खाना नहीं खाने देता था। लेकिन इस वक्त तो सुबल जवान था और खूब भूख लगती थी। वह तो कंकड़-पत्थर भी पचा सकता था। उसे जितना खाने को मिलता था वह बहुत कम था। वह काफी दुबला हो गया और उसकी हड्डियाँ निकल आईं। इससे सुशील को यह लगा कि कहीं वह बीमार तो नहीं हो गया है और उसने उसे कई तरह की दवाएँ और टॉनिक देना शुरू कर दिया।

बूढ़े सुशील को भी कई तरह की समस्याएँ झेलनी पड़ रही थीं। वह लड़कों जैसी जो भी चीजें करना चाहता था, अब कर नहीं पाता था। पहले वह किसी नाटक को छोड़ता नहीं था। लेकिन अब अगर वह नाटक देखने जाता तो उसे ठंड लग जाती, वह जुखाम-खाँसी से परेशान हो जाता, और शरीर में ऐसी पीड़ा होती कि उसे कई हफ्तों तक बिस्तर पर रहना पड़ता। वह हमेशा तालाब में ही नहाया करता था। लेकिन अब अगर वह ऐसा करता तो उसके जोड़ों का दर्द बढ़ जाता और ठीक होने में छह महीने लग जाते। इसलिए उसने हर दो दिन बाद नहाना शुरू कर दिया था, वह भी गरम पानी से, और सुबल को भी वह तालाब में नहाने नहीं देता था। अब अगर सुशील बिस्तर से उछल पड़ता था तो उसे हड्डियों का दर्द शुरू हो जाता था और

अगर वह पान खा लेता तो पता चलता कि पान को चबाने वाले दाँत तो हैं ही नहीं। अब अगर वह पुरानी आदत के अनुसार आनंदी चाची के मिट्टी के घड़े को पत्थर से फोड़ देना चाहता तो लोग उसकी इस बचकानी हरकत के लिए उसे फटकारने आ जाते। वह यह नहीं समझ पाता था कि स्थिति को कैसे संभाले!

कई बार सुबलचंद्र यह भूल जाता कि वह तो लड़का है। अपने को पहले जैसा बूढ़ा मानकर वह वहाँ पहुँच जाता जहाँ बुजुर्ग लोग बैठे ताश या चौपड़ खेल रहे होते थे, और बड़ों की तरह की बातें करने लगता था। वे लोग उसका कान उमेठ देते और कहते, 'बहुत हुई तुम्हारी बदमाशी, अब जाकर खेलो।'

किसी मौके पर वह अपने शिक्षक से कहता, 'मुझे हुक्का दीजिए, मैं पानी पीना चाहता हूँ।' शिक्षक उसे बिल्कुल ही वाहियात लड़का समझकर, उसे बेंच पर खड़े रहने की सजा देते।

अगर वह नाई से इस बात की शिकायत करता कि वह दस दिन से उसकी दाढ़ी बनाने क्यों नहीं आया, तो नाई पलटकर कहता, 'मैं दस साल बाद आऊंगा।'

पुरानी आदत की मुताबिक कई बार वह सुशील को सबक सिखाने के लिए मार भी बैठता। सुशील गुस्से से भर उठता, और चिल्ला कर कहता, 'तुम्हें बूढ़े आदमी को मारने की हिम्मत कैसे हुई? क्या तुम्हें स्कूल में यही सिखाया जाता है?' लोग आकर बीच-बचाव करते और उसके बेहूदा व्यवहार के लिए उसे झाड़ देते।

अंत में सुबल ने जोर-जोर से यह मनाना शुरू कर दिया कि मैं अपने लड़के सुशील जैसा बूढ़ा हो जाऊँ और जो कुछ चाहूँ अपनी इच्छा से कर सकूँ।

इस तरह सुशील भी यह प्रार्थना करने लगा- 'हे! ईश्वर, मुझे फिर से अपने पिता की तरह जवान बना दो, जिससे कि मैं जी भरकर खेल सकूँ। मैं अपने पिता को अपने वश में नहीं रख पा रहा। मुझे इस बात की चिंता बनी रहती है कि न जाने वह कब कौन-सी शरारत कर बैठें!'

इच्छा देवी फिर उनके सामने उपस्थित हुई, और उसने पूछा- 'क्या तुमने अपनी इच्छाओं का मजा पूरी तरह से ले लिया है?' उन दोनों ने सिर झुकाकर

देवी को प्रणाम किया और बोले- 'माँ, बहुत हो चुका। अब हमें पहले जैसा बना दो।'

इच्छा देवी ने कहा, 'ठीक है। कल सुबह से तुम दोनों फिर पहले जैसे हो जाओगे।'

अगली सुबह, सुबल बूढ़े के रूप में ही उठा, और सुशील ने पाया कि वह पहले जैसा लड़का बन गया है। उन दोनों को लगा जैसे उन्होंने कोई सपना देखा था। सुबल ने गंभीरतापूर्वक कहा, 'क्या तुम व्याकरण का पाठ याद नहीं करोगे?'

सुशील ने अपना सिर खुजलाते हुए कहा, 'पिताजी, मेरी किताब खो गई है।'

जीवित और मृत

जमींदार शारदाशंकर के परिवार के साथ उनके रानीघाट स्थित बड़े से घर में रह रही विधवा कादम्बिनी का अब कोई निकट सम्बन्धी नहीं बचा था। एक एक करके सब मर गये थे। उसके पति के परिवार में भी कोई ऐसा नहीं था जिसको कि वह अपना कह सके या जिसका कोई पति या बच्चा हो सिवाय एक छोटे बच्चे के जो कि उसके पति के बड़े भाई का बेटा था व कादम्बिनी की आँख का तारा था।

उस बच्चे की माँ उसके जन्म के पश्चात् बहुत बीमार पड़ गई थी इसलिये उसका पालन पोषण उसकी काकी कादम्बिनी ने किया था। जब कोई किसी और के बच्चे को इतने लाड़ प्यार से पालता है तो उनके बीच में केवल एक ही सम्बन्ध रह जाता है और वह है प्रेम का सम्बन्ध। उस सम्बन्ध में अधिकार या सामाजिक नियम कोई मायने नहीं रखते। प्रेम को कोई किसी कानूनी दस्तावेज के द्वारा प्रमाणित नहीं कर सकता ओर न ही स्वयं प्रेम की यह अभिव्यक्ति होती है। प्रेम केवल और प्रगाढ़ ही हो सकता है क्योंकि यही इसका रूप है।

कादम्बिनी ने अपने कुंठित वैधव्य का सारा प्यार इस बच्चे पर अर्पित कर दिया था कि सावन की एक रात कादम्बिनी की अकस्मात् मृत्यु हो गई। किसी अज्ञात कारणवश उसकी हृदयगति रुक गई। हर जगह समय अपनी गति से चलता रहा परन्तु इस एक छोटे से प्यार से परिपूर्ण हृदय में इसकी घड़ी की सुई चलनी बन्द हो गई। इस मामले को पुलिस की निगाह से दूर व चुपचाप रखने के लिये जमींदार के घर के चार ब्राह्मण कर्मचारियों ने उसके शव को जला दिया।

रानीघाट में शमसान घाट बस्ती से बहुत दूर एक निर्जन स्थान पर था। वहाँ एक पानी की नाँद के किनारे एक झोपड़ी व उसके बगल में एक विशाल बरगद के वृक्ष के अतिरिक्त कुछ और नहीं था। इस नाँद को वहाँ बहुत समय पहले बहने वाली एक नदी, जो कि अब सूख गई थी, के सूखे हुए हिस्से को खोद कर बनाया गया था व स्थानीय लोग इस नाँद को नदी की एक पवित्र

धारा मान कर पूजते थे। ये चार लोग शव को झोपड़ी के अन्दर रख कर चिता के लिये लकड़ी के पहुँचने की प्रतीक्षा करते हुए बैठे थे। लम्बी प्रतीक्षा के बाद वे व्याकुल होने लगे व उनमें से दो व्यक्ति, निताई व गुरुचरण बाकी दोनों व्यक्तियों, विधू व बनमाली, को शव की देखरेख करता हुआ छोड़कर बाहर ये देखने गये कि लकड़ी के आने में इतना विलम्ब क्यों हो रहा है।

वो एक बरसात की काली घटाओं वाली रात थी। आकाश में काले बादल घुमड़ रहे थे और तारे दिखाई नहीं दे रहे थे। झोपड़ी में दो लोग चुपचाप बैठे थे। उनमें से एक के पास उसकी चादर में लिपटी हुई माचिस व मोमबत्ती थी लेकिन वे इस ठंडी हवा में माचिस जला नहीं पाये, इसके साथ साथ लाई हुई लालटेन का तेल भी खत्म हो गया था। कुछ क्षणों की शान्ति के बाद, उनमें से एक बोला, 'भाई, अगर हमारे पास थोड़ी तम्बाकू रहती तो कितना अच्छा रहता। हम जल्दबाजी में सबकुछ भूल गए।' दूसरा व्यक्ति बोला, 'मैं जाकर दौड़ के थोड़ी सी लेकर आता हूँ। एक मिनट से ज्यादा नहीं लगेगा।' विधू उसकी बात समझते हुए बोला, 'अच्छी बात है, तो मैं यहाँ खुद अकेला रुकूँ क्या?' दोनों फिर से चुप हो गये।

पाँच मिनट एक घंटे के बराबर लग रहा था। दोनों अपने आप को मन ही मन कोसते हुए सोच रहे थे कि लकड़ी लेने गये बाकी दोनों लोग आराम से कहीं बैठकर बीड़ी फूँक रहे होंगे व गप्पें मार रहे होंगे और जल्द ही उनको अपना यह अहसास सच भी लगने लगा था। तालाब के किनारे मेंढकों के टर्राने की व झींगुरों की आवाज के अतिरिक्त कहीं कोई आवाज नहीं थी। तभी अचानक उनको ऐसा लगा कि पलंग थोड़ा हिल सा रहा है व शव ने एक तरफ करवट ली है। विधू और बनमाली थरथर काँपने लगे और भगवान को याद करने लगे। अगले ही क्षण एक लम्बी सी आह सुनाई दी जिसे सुनते ही वे दोनों तुरन्त बाहर भागे व गाँव की ओर दौड़ने लगे।

कुछ मील दौड़ने के बाद, वे रास्ते में बाकी दोनों साथियों से मिले जो हाथों में लालटेन लिये हुए थे। उन दोनों ने सच में बीड़ी फूँकी थी और उनको लकड़ी के बारे में कुछ अता पता नहीं था। उन्होंने झूठ बोलते हुए कहा कि लकड़ी कट रही है व थोड़ी देर में पहुँचने वाली है। तब विधू व बनमाली ने उनको झोपड़ी में जो हुआ कह सुनाया। निताई व गुरुशरण बोले कि ये सब बकवास है व उन दोनों को अपनी जगह छोड़ के भागने के लिये फटकारने लगे।

वे चारों तुरन्त शमसान घाट की झोपड़ी की तरफ लौटे। अंदर जाकर उन्होंने देखा कि पलंग खाली था और लाश का कोई अतापता नहीं था। वे एक दूसरे की तरफ घूरने लगे। क्या यह भेड़ियों का काम हो सकता है? लेकिन यहाँ तो वो कपड़ा भी नहीं था जिससे उन्होंने लाश को ढका था। झोपड़ी के चारों तरफ ढूँढ़ने पर उन्होंने दरवाजे के पास मिट्टी में कुछ ताजा व छोटे पदचिन्हों को देखा जो कि किसी औरत के प्रतीत होते थे। अब समस्या यह थी कि यह बात जमींदार को कैसे बताई जाए। जमींदार शारदाशंकर मूर्ख नहीं थे जो कि भूत की बात का विश्वास कर लें। लम्बे विचार विमर्श के बाद उन्होंने सोचा कि वे कहेंगे कि उन्होंने शव की अंत्येष्टि कर दी है।

सूर्योदय के समय जब कुछ व्यक्ति लकड़ी लेकर आये तो इन चारों ने उनसे कह दिया कि देर हो जाने की वजह से उन्होंने झोपड़ी में रखी लकड़ी से ही शवदाह कर दिया। उन लोगों को इस बात पर शक करने का कोई कारण नहीं था। एक शव कोई ऐसी बहुमूल्य वस्तु तो है नहीं कि जिसे कोई चुरा ले।

यह संभव है कि कभी कभी एक शरीर जो कि मृत प्रतीत होता है, असल में जीवित होता है किन्तु सुषुप्तावस्था में अचेतन होता है व वो कुछ समय बाद फिर से जीवित हो सकता है। सच में कादम्बिनी मरी नहीं थी, किसी कारण वश वो मृतप्रायः या अचेतन हो गई थी किन्तु अब फिर से ठीक हो गई थी।

जब उसको होश आया, उसने अपने चारों तरफ अँधेरा देखा। उसने पाया कि यह जगह उसके सोने का कमरा नहीं थी। उसने एक बार दीदी कहकर पुकारा किन्तु अँधेरे में कोई उत्तर नहीं आया। उसको अपनी छाती में दर्द उठना व साँस का रुकना याद आया और वो उठ बैठी। उसको याद आया कि उसकी सबसे बड़ी जेठानी कमरे के कोने में बैठकर स्टोव पर बच्चे के लिये दूध गरम कर रही थी कि तभी उसको खड़े होने में असमर्थता महसूस हुई और वो पलंग पर गिर पड़ी। उसने हाँफते हुए पुकारा, 'दीदी, मुन्ने को मेरे पास लाओ, मुझे लगता है मैं मरने वाली हूँ।' तभी उसकी आँखों के सामने अँधेरा छा गया ऐसे जैसे कि किसी लिखे हुए कागज के ऊपर स्याही फैल गई हो। उस क्षण कादम्बिनी की सारी स्मरणशक्ति व चेतना में, उसके जीवन की किताब के अक्षरों में भेद करना असम्भव सा हो गया। इस समय उसको यह भी याद नहीं रहा कि उसके भतीजे ने अपनी मीठी आवाज में उसको आखिरी बार काकी माँ कहकर पुकारा था, कि उसको प्रेम की दवा की आखिरी पुड़िया मिली थी

जो कि उसकी इस संसार से मृत्यु की अनजानी व कभी भी समाप्त न होने वाली यात्रा पर देखभाल करेगी।

उसको लगता था कि मृत्यु के स्थान पर अँधेरे व निर्जनता के अतिरिक्त कुछ भी नहीं है। वहाँ देखने व सुनने के लिये कुछ भी नहीं था और वो वहाँ हमेशा जागते हुए बैठे रहने व प्रतीक्षा करने के अलावा कुछ भी नहीं कर सकती थी। तभी उसको खुले हुए दरवाजे से हवा का एक ठंडा व गीला झोंका महसूस हुआ, बरसाती मेंढकों के टर्राने की आवाज सुनाई दी और उसको बचपन से लेकर अब की सारी बातें यकायक याद आ गई। उसको लगने लगा कि उसका इस संसार से अभी भी कुछ रिश्ता है। तभी अचानक बिजली की चमक में एक पल में उसको नाँद, बरगद का पेड़, बड़ा सा मैदान व पेड़ों की कतार दिखाई दिये। उसको याद आने लगा कि कैसे उसने कुछ शुभ अवसरों पर उस नाँद में स्नान किया था, कैसे शमसान घाट में मृत शवों को देखकर उसको मृत्यु की भयावहता का अहसास होने लगता था।

उस समय उसके मन में जो पहला विचार आया वो था घर लौटने का। पर तभी उसने सोचा, 'वे लोग मुझे वापस स्वीकार नहीं करेंगे क्योंकि उनकी नजरों में मैं जीवित नहीं हूँ। यह उनके लिये एक श्राप की तरह होगा। मुझे जीवितों की धरती से निकाल दिया गया है और मैं जीवित मृत हूँ। अगर ऐसा नहीं होता तो कैसे वो शारदाशंकर के घर की सुरक्षित चाहरदीवारी से बाहर निकल कर इस सुदूर शमसान घाट तक पहुँच गई थी। परन्तु यदि दाह संस्कार का काम अभी तक समाप्त नहीं हुआ है तो उन लोगों का का क्या हुआ जो उसको जलाने आये थे।, उसको शारदाशंकर के घर में मरने से पहले बीते हुए अंतिम पल याद आने लगे और अपने आप को इस दूर एक शमसान घाट में पाकर, उसने अपने आप से कहा, 'मेरा अब जीवित लोगों के संसार से कोई सम्बन्ध नहीं है। मैं डरावनी हूँ, बुराई का एक पुतला हूँ, मैं अपनी खुद की भूत हूँ।'

उसको सारे बंधन व नियम टूटते हुए लगे। ऐसा लगा कि उसमें जहाँ वह चाहे वहाँ जाने की, जो चाहे वो करने की एक अज्ञात शक्ति व असीमित छूट है। इस भावना के साथ वो उस झोपड़ी से एक पागल स्त्री के जैसे हवा के एक झोंके की तरह निकली और बिना किसी भय, लज्जा या चिन्ता के वो उस अँधेरे मैदान में भागने लगी।

किन्तु चलते-चलते उसके पैरों में दर्द होने लगा व उसको कमजोरी महसूस होने लगी। मैदान का दूर दूर तक कोई अन्त दिखाई नहीं देता था और यहाँ वहाँ धान के खेत और पानी के गहरे तालाब दिखाई देते थे। सूर्योदय के बाद, धीरे धीरे उसको शीशम के पेड़ दिखाई पड़ने लगे और चिड़ियों के चहचहाने की आवाज सुनाई देने लगी थी। अब उसको बहुत डर लग रहा था। उसे तनिक भी आभास नहीं था कि वो कहाँ है व अब उसका दुनिया के लोगों से क्या सम्बन्ध होगा। सावन की उस रात, जब तक उस विशाल मैदान में अँधेरा था, तब तक वो निर्भीक होकर अपने में ही मस्त थी पर अब उजाला व मनुष्य की उपस्थिति उसको परेशान करने लगे। जैसे मनुष्यों को भूत प्रेतों से डर लगता है, वैसे ही भूत प्रेतों को भी मनष्यों से डर लगता है, ये दोनों नदी के दो अलग अलग किनारों पर रहने वाली दो भिन्न प्रजातियाँ हैं।

रास्ते में ऐसे किसी पागल स्त्री की तरह विचरते हुए, मिट्टी से सने हुए कपड़ों में व उसके अजीबोगरीब व्यवहार से कादम्बिनी किसी को भी डरा सकती थी। ऐसे में बच्चे तो शायद उसको देखकर दूर भाग जाते व दूर से ही उस पर पत्थर फेंकते। सौभाग्यवश, पहला व्यक्ति जिसने उसे इस स्थिति में देखा, एक सज्जन था।

उस व्यक्ति ने उसके पास जाकर पूछा, 'माँ, ऐसा लगता है कि तुम किसी भद्र परिवार से सम्बन्ध रखती हो। ऐसी स्थिति में तुम इस रास्ते पर अकेले कहाँ जा रही हो?'

पहले तो कादम्बिनी ने उस व्यक्ति के प्रश्न का कोई उत्तर नहीं दिया और उसकी ओर खाली निगाहों से घूरने लगी। उसको सब कुछ छूटा छूटा सा लग रहा था। उसको समझ में नहीं आ रहा था कि वो इस संसार में जीवित कैसे थी, कैसे एक राहगीर उससे प्रश्न पूछ रहा था व कैसे वो इस व्यक्ति को एक भद्र महिला लग रही थी।

उस सज्जन ने फिर पूछा, 'माँ, मेरे साथ आओ, मैं तुम्हें तुम्हारे घर ले जाऊँगा। बताओ तुम्हारा घर कहाँ है?'

कादम्बिनी सोच में पड़ गई। वो अपनी ससुराल वापस जाने का सोच भी नहीं सकती थी और उसका कोई अपना पैतृक घर भी नहीं था कि तभी उसे अपनी बचपन की सहेली योगमाया का ध्यान आया। हालाँकि वो उससे बचपन के बाद नहीं मिली थी, उनमें बीच बीच में पत्राचार होता रहता था। कभी कभी

उनमें इस बात पर जरूर प्रतियोगिता होती थी कि उसमें से कौन एक दूसरे को ज्यादा प्यार करता है। कादम्बिनी का कहना था कि वो योगमाया से ज्यादा किसी चीज को प्यार नहीं करती थी और योगमाया का कहना था कि कादम्बिनी उसके प्यार को ठीक से समझ नहीं पाती थी। पर उन दोनों को यह मालूम था कि अगर दुबारा मौका मिला तो दोनों एक दूसरे का साथ नहीं छोड़ेंगी। 'मैं निशिंदपुर में श्रीपति चरण बाबू के घर जा रहीं हूँ।' कादम्बिनी ने उस सज्जन से कहा।

वो व्यक्ति कोलकाता जा रहा था। निशिंदपुर पास तो नहीं था पर वो उसके रास्ते से हट के नहीं था। उसने खुद कादम्बिनी को श्रीपति चरण बाबू के घर पहुँचाया।

प्रारम्भ में दोनों सहेलियों को एक दूसरे को पहचानने में परेशानी हुई पर जैसे ही उन्हें एक दूसरे में बचपन का रूप दिखा, उनकी आँखें चमक उठीं। योगमाया बोली, 'मैंने कभी भी नहीं सोचा था कि मैं तुमको दुबारा देखूँगी। तुम यहाँ कैसे? तुम्हारे ससुराल ने क्या तुम्हें घर से निकाल दिया है?'

कादम्बिनी कुछ देर चुप रहने के बाद बोली, 'भई, मुझसे मेरी ससुराल के बारे में मत पूछो। तुम मुझे अपने घर के एक कोने में एक नौकर की तरह आश्रय दे दो, मैं तुम्हारा हर काम करूँगी।'

योगमाया ने कहा, 'अरे वाह, तुम मेरी नौकरानी कैसे हो सकती हो, तुम तो मेरी सहेली, मेरी बहन जैसी हो।' तभी श्रीपति बाबू कमरे में आये। कादम्बिनी उनकी ओर एक क्षण के लिये देखकर बिना सर ढके व बिना कोई आदरभाव दिखाये धीरे से कमरे से बाहर चली गई। योगमाया ये सोचकर कि कहीं श्रीपति बाबू उसकी सहेली के अभद्र व्यवहार से गुस्सा न हो जाएँ, उनसे माफी माँगने लगी। श्रीपति बाबू इतनी आसानी से मान गये कि उसको कुछ अजीब सा लगा।

हालाँकि कादम्बिनी ने अपनी सहेली के घर का काम सँभाल लिया था पर वो उसके साथ घनिष्ठ नहीं हो पाई, उनके बीच में मृत्यु की एक दीवार थी। यदि कोई व्यक्ति खुद पर संदेह करने लगता है या अपने बारे में ही सावध ान रहता है तो वो किसी और के साथ घनिष्ठ नहीं हो सकता है। कादम्बिनी को ऐसा लगता था कि योगमाया, उसका घर व पति किसी और संसार के हैं। वो सोचती थी, 'वे लोग प्यार, कर्तव्य व भावनाओं से परिपूर्ण एक संसार में रहते हैं और मैं एक खाली छाया हूँ। वे लोग जीवित संसार में हैं और मैं इस संसार से परे हूँ।'

ये सब देखकर योगमाया भी परेशान थी और उसकी समझ में कुछ नहीं आ रहा था। अनिश्चितता के वातावरण में कविता, बहादुरी, या शिक्षा तो पनप सकते हैं किन्तु घरेलू माहौल नहीं और इसी कारण औरतें किसी भी रहस्य को दबा कर नहीं रख सकती हैं। इसलिये जिस चीज को वे समझ नहीं सकती हैं, या तो वे उस चीज से अपना नाता ही तोड़ लेती हैं व कोई सम्बन्ध नहीं रखती हैं या फिर वे उस चीज को किसी और ज्यादा उपयोगी चीज से बदल देती हैं। और यदि उनको कुछ भी समझ में नहीं आता है तो वे क्रोधित हो जाती हैं। जैसे जैसे कादम्बिनी का व्यवहार योगमाया की समझ से परे होने लगा, उतना ही योगमाया को उसके ऊपर इस बात पर गुस्सा आने लगा कि क्यों यह आफत उसके गले आन पड़ी है।

यहाँ पर एक और समस्या थी। कादम्बिनी खुद भी डरी हुई थी पर फिर भी वो अपने आप से भाग नहीं सकती थी। भूत प्रेत से डरने वाले लोग अंदर ही अंदर भयभीत हो जाते हैं क्योंकि वे भय के कारण को साक्षात देख नहीं सकते हैं। पर कादम्बिनी को किसी बाहरी चीज का डर थोड़े ही था, वो तो खुद अपने आप से ही डरी हुई थी। कभी कभी दिन की शांति में वो कमरे में अकेले बैठे हुए ही चिल्लाने लगती थी और शाम को लैंप की रोशनी में अपनी छाया को देखकर जोर जोर से कांपने लगती थी। घर का हर सदस्य उसके डर से चौकन्ना था। घर के नौकर, नौकरानियाँ व स्वयं योगमाया को सब जगह भूत नजर आते थे। तभी एक दिन आधी रात को कादम्बिनी अपने कमरे के दरवाजे पर आकर चिल्लाई, 'दीदी, दीदी, मैं तुमसे विनती करती हूँ मुझे अकेला मत छोड़ो।'

योगमाया को डर भी लग रहा था व क्रोध भी आ रहा था। उसका बस चलता तो उसी समय वो उसको घर से निकाल देती। पर दयालु-हृदय श्रीपति बाबू ने बड़े यत्न से कादम्बिनी को शांत कराया व बगल के कमरे में भेज दिया।

अगले दिन श्रीपति बाबू को अनपेक्षित रूप से फटकार मिली। योगमाया ने उन पर लांछन लगाते हुए कहा, 'तो कितने अच्छे पुरुष है आप, एक औरत अपने पति का घर छोड़कर आपके घर में रहने लगती है, महीनों बाद भी वो जाने का नाम नहीं लेती है पर फिर भी आपने कभी तनिक शिकायत तक नहीं की। आप क्या सोचते हैं, मैं आप जैसे मर्दों को अच्छी तरह समझती हूँ।'

यह सच है कि औरत पुरुष की कमजोरी होती है और औरतें उनके ऊपर इस बात को लेकर ज्यादा आक्षेप लगा सकती हैं। यद्यपि वो यह कसम खाने को तैयार थे कि सुन्दर पर बेचारी कादम्बिनी के प्रति उनके मन में कोई खोट नहीं था फिर भी उनके व्यवहार से उल्टा ही प्रतीत होता था। कादम्बिनी के आने के समय उन्होंने अपने आप से कहा था, 'हो सकता है कि इस निःसंतान विधवा के साथ उसके घर वालों ने अन्याय किया हो या क्रूरता भरा व्यवहार किया हो इसीलिये वो वहाँ से भागकर हमारे यहाँ शरण लेने आई है। चूँकि उसके माता पिता नहीं हैं इसलिये मैं उसको कैसे छोड़ सकता हूँ?' उन्होंने इस विषय पर और सवाल जबाब करना उचित नहीं समझा क्योंकि हो सकता है कि वो इस विषय पर पूछे सवालों से और परेशान न हो जाए।

पर चूँकि अब उनकी अपनी पत्नी ही उनके उदार व धैर्यवान व्यवहार की ओर लांछन लगा रही थी, उनको लगा कि अपने घर में शान्ति रखने के लिये कादम्बिनी के ससुराल वालों को उसके बार में बताना ही होगा। आखिरकार काफी सोचविचार के बाद वे इस निर्णय पर पहुँचे कि कादम्बिनी के ससुराल को पत्र लिखने के बजाय खुद ही रानीघाट जाकर वस्तुःस्थिति का पता करना ज्यादा उचित रहेगा।

श्रीपति बाबू के जाने के बाद योगमाया कादम्बिनी के पास जाकर बोली, 'प्रिय, अब तुम्हारा यहाँ रहना उचित नहीं है। लोग क्या कहेंगे?'

कादम्बिनी ने योगमाया की तरफ देखकर कहा, 'मेरा लोगों से कुछ लेना देना नहीं है।'

योगमाया थोड़ी सी हताश होकर चिड़चिड़ी आवाज में बोली, 'हो सकता है कि तुम्हारा कोई लेना देना न हो लेकिन हमारा तो है। आखिर कब तक हम किसी और की विधवा को अपने घर में रख सकते हैं?'

कादम्बिनी ने कहा, 'मेरे पति का घर कहाँ है?'

योगमाया ने सोचा, 'उफ! ये औरत क्या बक रही है।'

कादम्बिनी धीरे से बोली, 'मैं तुम्हारी क्या लगती हूँ? क्या मैं संसार की हूँ? तुम सब हँसते हो, रोते हो, प्यार करते हो, तुम्हारे पास कई सारी चीजें हैं, मैं तो केवल देखती रहती हूँ। तुम सब मनुष्य हो, मैं तो केवल एक छाया हूँ। मुझे समझ नहीं आता कि मैं भगवान ने क्यों मुझे तुम लोगों के बीच डाल दिया है। तुम्हें ये चिन्ता है कि मैं तुम्हारा घर बरबाद कर दूँगी पर मुझे ये नहीं

समझ में आता कि मेरा तुमसे सम्बन्ध क्या है। पर जब भगवान ने मेरे लिये कोई जगह नहीं छोड़ी है तो मैं तुम्हारे पास ही रहूँगी व तुम्हें परेशान करूँगी फिर चाहे तुम मुझे मार ही क्यों न डालो।'

उसकी आँखों व आवाज में कुछ ऐसा था कि योगमाया उसकी बात का शब्दार्थ न समझते हुए भी मतलब समझ गई और उसको कोई उत्तर देते न बना। न ही अब उसे कोई प्रश्न पूछते बना और दुखी व पराजित मुद्रा में वो कमरे के बाहर चली गई।

श्रीपति बाबू रानीघाट से रात के दस बजे के करीब लौटे। भारी बरसात से सब कुछ धुला धुला सा लगता था। बरसात की आवाज से ऐसा लगता था ये कभी बन्द नहीं होगी व रात का भी कोई अन्त नहीं होगा।

'क्या हुआ?' योगमाया ने पूछा।

'ये एक लम्बी कहानी है।' श्रीपति बाबू ने कहा। 'मैं तुम्हें बाद में बताऊँगा?' उन्होंने अपने गीले कपड़े उतार कर खाना खाया व तम्बाकू पीने के बाद सोने चले गये। वे कुछ सोच में डूबे हुए लग रहे थे। योगमाया ने अब तक तो अपनी जिज्ञासा को दबा के रखा था पर बिस्तर पर पहुँचते ही उसने पूछा, 'क्या पता लगा, बताइये मुझे?'

'तुमसे जरूर कोई गलती हुई है।' श्रीपति बाबू ने कहा।

योगमाया ये सुनकर थोड़ा सा नाराज हो गई। औरतें कभी गलतियाँ नहीं करती हैं और अगर वो करती भी हैं तो आदमियों के लिये उसका जिक्र न करना ही उचित है। बात को ऐसे ही जाने देना चाहिये।

योगमाया ने थोड़ा उग्र स्वर में पूछा, 'किस बात में?'

श्रीपति बाबू ने कहा, 'जिस औरत को तुमने घर में आश्रय दिया है वो तुम्हारी सहेली कादम्बिनी नहीं है?' एक पति के मुँह से इस प्रकार की बात निकलना झगड़े की बात हो सकती है।

'तो तुम्हारा कहना ये है कि मैं अपनी ही सहेली को नहीं जानती।' योगमाया बोली 'क्या मुझे उसको पहचानने में तुम्हारा इन्तजार करना पड़ेगा, अजीब बात है?'

श्रीपति बाबू बोले, 'ये बात नहीं है, मैं यह सबूत के आधार पर बोल रहा हूँ।' उन्हें इस बात के बारे में कोई संदेह नहीं था कि कादम्बिनी मर चुकी है।

'सुनिये, योगमाया बोली। 'आपको पूरी बात का पता नहीं है। आपने जो भी जहाँ से भी सुना है सही नहीं है। वैसे भी आपसे जाने को किसने कहा था, अगर आपने एक पत्र लिख दिया होता तो पूरी बात का खुलासा हो गया होता?'

अपनी पत्नी के अविश्वास को देखकर श्रीपति बाबू ने सारे सबूतों को पूरी तरह पूरी तरह से समझाने का प्रयास किया किन्तु असफलता ही हाथ लगी। वे दोनों थोड़ी थोड़ी देर में बहस करने लगते थे। लेकिन दोनों ही इस बात पर सहमत हो गये कि कादम्बिनी को घर से तुरन्त निकाल देना चाहिये क्योंकि श्रीपति बाबू का यह विश्वास था कि उनकी अतिथि उन लोगों के साथ छल कर रही है और योगमाया का यह मानना था कि वो अपने घर से भाग कर आई है। पर बहस के दौरान उनमें से कोई भी अपनी बात से हटने को तैयार न था। वे जोर जोर से बोलने लगे? इससे अनजान कि कादम्बिनी बगल के कमरे में थी।

एक आवाज आई, 'ये बहुत खराब बात है। जो भी हुआ मैंने अपने कानों से सुना था?'

दूसरी चिल्लाने की आवाज आई, 'मैं ये कैसे मान लूँ, मैं उसको अपनी आखों से पहचान सकती हूँ?'

आखिरकार योगमाया बोली, 'ठीक है? ये बताइये कि कादन्बिनी कब मरी थी?' वो सोच रही थी कि कादम्बिनी के लिखे हुए पत्रों की तारीखों से वो श्रीपति बाबू को गलत सिद्ध कर देगी। पर उसने पाया कि कादम्बिनी श्रीपति बाबू को बताई गई तारीख के ठीक एक दिन बाद उनके घर आई थी। योगमाया को अपना हृदय जोर से धड़कने हुआ लगने लगा व श्रीपति बाबू भी थोड़ा असहज महसूस कर रहे थे। तभी अचानक उनके कमरे का दरवाजा खुल गया व ठंडी हवा से उनके कमरे का लैंप बुझ गया। उनका कमरा ऊपर से नीचे तक बाहर के अँधेरे से भर गया। तभी कादम्बिनी उनके कमरे के अंदर आकर खड़ी हो गई। सुबह का करीब ढाई बज रहा था और बाहर मूसलाधार बरसात हो रही थी। 'सखी, कादम्बिनी बोली, 'मैं तुम्हारी कादम्बिनी ही हूँ पर अब मैं जीवित नहीं हूँ। मैं मृत हूँ?'

यह सुनकर योगमाया डर के मारे चिल्ला पड़ी व श्रीपति बाबू की भी जबान बंद हो गई। 'पर ये बताओ कि मृत होने के अलावा मैंने तुम्हारा और कौन सा नुकसान किया है? यदि मेरे पास इस समय इस संसार में रहने के

लिये कोई और जगह नहीं है तो मैं कहाँ जाऊँ?' और तभी वो ऐसे चीखी जैसे कि बरसात की इस रात में वो भगवान को नींद से जगाना चाहती हो, 'बताओ? कहाँ जाऊँ मैं?' ऐसा कहने के बाद दोनों पति पत्नी को भौंचक्का छोड़कर कादम्बिनी या तो एक ठिये की खोज में या किसी और संसार की ओर चली गई।

ये कहना मुश्किल है कि कादम्बिनी रानीघाट कैसे पहुँची। पहले तो वो अपने को किसी को दिखाए बिना एक दिन तक एक खण्डहरनुमा मंदिर में बिना खाये पिये पड़ी रही। बरसात की इस शाम के समय, जब अँधेरा जल्दी हो जाता है व गांव के लोग तूफान के डर से अपने घरों में चले गये, कादम्बिनी सड़क पर फिर से प्रकट हुई। जैसे जैसे उसकी ससुराल पास आने लगी, उसका दिल जोरों से धड़कने लगा पर उसने सिर पर नौकरानियों की तरह लंबा सा घूंघट डाल लिया और दरबानों ने उसको अंदर जाने से नहीं रोका। बीच में, बरसात और तेज हो गई थी और हवा प्रचंड वेग से बह रही थी।

शारदाशंकर की पत्नी जो कि घर की मालकिन थी, उसकी विधवा जेठानी के साथ ताश खेल रही थी और बुखार से पीड़ित छोटा बच्चा शयनकक्ष में सो रहा था। कादम्बिनी सबकी नजर बचाकर शयनकक्ष में पहुँची। ये कहना असम्भव है कि वो ससुराल वापस क्यों आई थी। शायद उसको खुद इस बात का पता नहीं था पर शायद वो बच्चे को दोबारा देखना चाहती थी। इसके बाद उसको नहीं पता था कि वो कहाँ जाएगी या उसका क्या हाल होगा।

लैंप की रोशनी में उसने एक कमजोर और दुर्बल से छोटे से बच्चे को मुठ्ठी बाँध कर सोते हुए देखा। बच्चे को देखकर उसकी ममता की प्यास फिर से जाग उठी कि कैसे वो बच्चे को हर दुर्भाग्य या विपदा से बचाने के लिये उसको एक आखिरी बार अपनी छाती में भींच लेना चाहती थी। पर तभी उसने सोचा, 'जब मैं यहाँ नहीं रहूँगी तो इसकी देखभाल कौन करेगा? इसकी माँ को तो सहेलियों का साथ, ताश खेलना, गप्पें मारना पसन्द है व वो इसको मेरी देखरेख में लम्बे समय के लिये भी छोड़कर खुश थी जिससे कि उसको इसके पालनपोषण के बारे में कभी कोई चिन्ता नहीं करनी पड़ती थी। अब इसकी मेरी जैसी देखभाल कौन करेगा?' तभी उस बच्चे ने करवट बदलते हुए कहा आधी नींद में कहा, 'काकी माँ, मुझे थोड़ा पानी दो, 'उसने तुरन्त उत्तर दिया, 'मेरे प्यारे बेटे, मेरे लाल, तुम अपनी काकी माँ को अभी तक नहीं भूले,

'वो घड़े से तुरन्त पानी लेकर आई व उसको अपनी छाती से लगाकर पानी पिलाने लगी। जब तक वो बच्चा नींद में था, उसको अपनी काकी के हाथ से पानी पीने में जरा भी आश्चर्य नहीं हुआ क्योंकि वह उसका आदी था। पर जैसे ही कादम्बिनी, जो कि अपनी ममता की प्यास को तृप्त कर रही थी, ने बच्चे को चूम कर दुबारा लिटाया, बच्चा नींद से जाग गया व उससे चिपक कर बोला, 'काकी माँ, क्या तुम मर गई थीं?'

उसने कहा, 'हाँ, मेरे बेटे।'

'तो तुम वापस कैसे आई, तुम दोबारा तो नहीं मरोगी?'

जब तक कि वो कोई उत्तर दे, हंगामा मच गया क्योंकि एक नौकरानी जो अपने हाथ में एक कटोरा लेकर आई थी, चिल्लाते हुए बेहोश होकर गिर पड़ी। उसकी चीख सुनकर शारदाशंकर की पत्नी ताश फेंक कर तुरन्त दौड़ी दौड़ी आई, कादम्बिनी तो कमरे में खड़ी एकदम जड़ हो गई थी व वो भागने या कुछ बोलने में भी असमर्थ थी। ये सब देखकर बच्चा भी डर गया। उसने सिसकते हुए कहा, 'काकी माँ, आपको जाना चाहिये।'

कादम्बिनी को आज पहली बार लगा कि वो मरी नहीं थी। ये पुराना घर, घर की हर चीज, बच्चा, उसका प्यार, ये सब कुछ ही तो उसके लिये समान रूप से जीवित थे और उन सबके व कादम्बिनी के बीच अब कोई फासला न था। जब तक वो अपनी सहेली के घर में रही, वो अपने को मृत महसूस करती रही, ऐसा लगता रहा जैसे कि वो औरत जिसे उसकी सहेली जानती थी मर चुकी थी। पर अब उसने अपने भतीजे के कमरे में महसूस किया कि उसकी काकी माँ कभी मरी ही नहीं थी।

'दीदी, वो टूटे से स्वर में बोली, 'आप मुझसे डर क्यों रही हैं, देखिये मैं जैसी थी वैसी ही हूँ।'

उसकी जेठानी अपने को सम्भाल न सकीं और गिर पड़ीं।

अपनी बहन से यह समाचार पाकर शारदाशंकर बाबू खुद अंदर गये। वो हाथ जोड़ कर गिड़गिड़ाते हुए बोले, 'भाभी, आपका यह करना उचित नहीं है। सतीश हमारे परिवार का इकलौता बच्चा है, आप उसको नजर क्यों लगा रही हैं, क्या हम आपके लिये अजनबी हैं, जब से आप गई हैं, वो प्रतिदिन कमजोर होता चला गया, लगातार बीमार रहा और रात दिन काकी माँ काकी माँ पुकारता रहा है। पर अब जब आपने इस संसार से विदा ले ली है तो

कृपया उससे अपने को मत जोड़िये, कृपया चली जाइये, हम आपकी अंत्येष्टि उचित रीतियों से कर देंगे।'

कादम्बिनी और न सह सकी। वो चीख कर बोली, 'मैं मरी नहीं थी, मैं मरी नहीं थी, मैं बोलती हूँ। मैं आपको कैसे समझाऊँ कि मैं मरी नहीं थी। क्या आप देख नहीं सकते कि मैं जीवित हूँ।' यह कह कर उसने जमीन पर गिरे हुए पीतल के कटोरे को उठाकर अपने माथे पर मारा, चोट से खून बहने लगा। 'देखिये, मैं जीवित हूँ।'

शारदाशंकर वहाँ एक मूर्ति की तरह खड़े रहे, छोटा बच्चा अपने पिता के लिये रोने लगा और दोनों औरतें जमीन पर विक्षिप्त पड़ी थीं। कादम्बिनी रोते हुए व 'मैं मरी नहीं थी, मैं मरी नहीं थी,' कहते हुए कमरे से भागी और उसने सीढ़ियों से उतर कर घर के अंदर एक पानी की नाँद में डुबकी लगा दी। ऊपर की मंजिल से शारदाशंकर ने पानी के छपाके की आवाज सुनी।

उस रात पूरी रात बरसात हुई और सुबह होने तक जारी थी, यहाँ तक कि दोपहर को भी कोई राहत नहीं मिली। कादम्बिनी ने मर कर यह सिद्ध कर दिया कि वो मरी नहीं थी।

पड़ोसिन

मेरी पड़ोसिन बाल-विधवा है। मानो वह जाड़ों की ओस-भीगी पतझड़ी हरसिंगार हो। सुहागरात की फूलों की सेज के लिए नहीं, वह केवल देवपूजा के लिए समर्पित थी।

मैं उसकी पूजा मन-ही-मन किया करता था। उसके प्रति मेरा मनोभाव कैसा था, उसे मैं पूजा के अतिरिक्त किसी अन्य सुबोध शब्दों में प्रकट नहीं करना चाहता, दूसरों के सामने कभी नहीं, अपने प्रति भी नहीं।

नवीन माधव मेरा बहुत ही घनिष्ठ एवं प्रिय मित्र है। उसे भी इस बारे में कुछ नहीं मालूम। इस प्रकार मैंने अपने अन्तरतम में जिस आवेश को छुपाकर साफ-सुथरा बना रखा था उसके लिए भीतर-ही-भीतर गर्व का अनुभव भी करता था।

परन्तु पहाड़ी नदी की तरह मन का वेग अपने जन्म-शिखर से बंधा नहीं रहना चाहता। किसी भी रास्ते को अपनाकर वह बाहर निकलने की कोशिश करता है। इसमें अगर वह सफल नहीं हो पाता, तो भीतर-ही-भीतर कसक उत्पन्न करता है। इसलिए मैं यह सोच रहा था कि कविता में मैं अपने भाव प्रकट करूंगा, लेकिन कुंठा की मारी लेखनी ने किसी तरह भी आगे बढ़ना ना चाहा।

बड़े आश्चर्य का विषय तो यह है कि ठीक इसी समय हमारे मित्र नवीन माधव को अचानका बड़े ही प्रबल वेग से कविता लिखने का शौक बढ़ने लगा, मानो अचानक भूचाल आ गया हो।

उस बेचारे पर ऐसी दैवी विपत्ति पहले कभी न आई थी, इस कारण वह इस नई-नवेली हलचल के लिए बिल्कुल तैयार न था। उसके पास छन्द, तुक आदि की पूंजी नहीं थी, फिर भी उसका दिल छोटा न हुआ, यह देखकर मैं दंग रह गया। कविता मानो बुढ़ापे की नई दुल्हन की तरह उस पर हावी हो गई। नवीन माधव को छन्द, तुक आदि की सहायता और संशोधन के लिए मेरी शरण लेनी पड़ी।

कविता के विषय नये नहीं थे, लेकिन पुराने भी नहीं थे। यानी उन्हें बिल्कुल नवीन भी कहा जा सकता है और काफी पुरातन भी। प्रेम की कविताएं थी, प्रियतमा के उद्देश्य में। मैंने उसे एक धक्का लगाते हुए पूछा, "आखिर है कौन, बताओ भी।"

नवीन ने हंसकर कहा, "अब भी उनका पता नहीं लगा पाया हूं।"

नये लेखक को सहयोग देने में मुझे बड़ा सन्तोष मिला। नवीन की काल्पनिक प्रियतमा के प्रति मैंने अपने रूके आवेग का प्रयोग किया। बिना बच्चे की मुर्गी जिस तरह बत्तख का अंडा पा जाने पर भी उसे छाती के नीचे रखकर सेने लगती है, मैं अभागा भी उसी तरह नवीन माधव के भावो को अपने हृदय का सारा ताप देकर सेने लगा। अनाड़ी की रचनाओ का मैं ऐसे जोश-खरोश से संशोधन करने लगा कि वे करीब-करीब पन्द्रह आने मेरी ही रचनाएं बन गई।

नवीन आश्चर्य से कहता, "ठीक यही बात तो मैं कहना चाहता था, पर कह नहीं पाता था, लेकिन तुममें यह सब भाव कहां से आ जाती है?"

मैं भी कवि की तरह जवाब देता, "कल्पना से। इसका कारण यह है कि सत्य नीरव होता है और कल्पना वाचाल। सत्य घटनाएं भाव स्त्रोत को पत्थर की दबाए रखती हैं, कल्पना की उसका मार्ग मुक्त करती है।"

नवीन गम्भीर चेहरा लिए कुछ देर सोचता, फिर कहता, "देख रहा हूं बात कुछ ऐसी ही है। ठीक कहते हो।" थोड़ी देर सोचने के बाद फिर कहा, "ठीक ही कहते हो। सही बात है।"

पहले ही बता चुका हूं कि मेरे प्रेम में एक प्रकार का कातर संकोच है, इसीलिए मैं अपनी बात कुछ भी लिख नहीं सका। नवीन को पर्दे की तरह बीच में रखने के बाद ही मेरी लेखनी अपना मुंह खोल सकी। रचनाएं मानो रस से पूर्ण हो ताप से फटने लगी।

नवीन बोला, "यह तो तुम्हारी ही रचना है। इसे तुम्हारे ही नाम से प्रकाशित करें।"

मैंने कहा, "भाई तुमने भी खूब कहा। मूल रचना तो तुम्हारी ही है, मैंने तो उसमें सिर्फ थोड़ा-सा रद्दोबदल कर दिया है।"

धीरे-धीरे नवीन भी ऐसा ही समझने लगा।

ज्योतिर्विद जिस प्रकार नक्षत्र के उदय की प्रतीक्षा में आकाश की ओर निहारा करता है, मैं भी उसी तरह कभी-कभी अपने बगल के मकान की खिड़की की ओर देखा करता था, इस बात को अस्वीकार नहीं कर सकता। कभी-कभी भक्त का वह बेचैनी से देखना सार्थक भी हो जाता।उस कर्मयोग में डूबी ब्रह्मचारिणी की सौम्य मुखश्री से शान्त शीतल ज्योति झिलमिलाकर क्षण भर में मेरे मन की सारी बेचैनी दूर कर देती थी।

किन्तु उस दिन सहसा मैंने यह क्या देखा! मेरे चन्द्रलोक में क्या अब भी ज्वालामुखी जाग रहा है, वहां की सुनसान समाधि में डूबी पहाड़ी गुफा सा सारा अग्निदाह क्या अभी तरह पूरी तरह बुझा नहीं है?

उस दिन वैशाख के तिपहर को पूर्वोतर दिशा में बादल घिर रहे थे। उस घिरी हुई आंधी की बादलो-भरी तेज चमक में मेरी पड़ोसन खिड़की के पास अकेली खड़ी थी। उस दिन उसकी शून्य डूबी घनी काली आंखो में मैंने दूर तक फैली हुई एक कसक देखी।

तो है, मेरे उस चन्द्रलोक में अब भी ताप है। अब भी वहां गर्म सांसो की हवा बहती है। वह देवताओं के लिए नहीं, मनुष्य के लिए ही है।

उस दिन उस आंधी के प्रकाश में उसकी दोनो आंखों की तेज छटपटाहट उतावले पक्षी की तरह उड़ी चली ता रही थी,स्वर्ग की ओर नहीं, मानव-हृदय के घोसले की ओर।

उत्सुक आकांक्षा से चमकती उस दृष्टि को देखने के बाद मेरे लिए अपने बेचौन मन को काबू करना मुश्किल हो गया। तब केवल दूसरे की कच्ची अनगढ़ कविताओं के संसोधन से मन नहीं भरा, मेरे अन्दर भी किसी प्रकार का काम करने की चंचलता पैदा हो गई।तब मैंने यह निश्चय कर लिया कि बंगाल में भी विध वा-विवाह प्रचलित करने के लिए मैं अपनी सारी चेष्टा का प्रयोग करूंगा। केवल व्याखायान और लेख लिखकर नहीं, आर्थिक सहायता देने के लिए भी मैं आगे बढ़ा।

नवीन मेरे साथ बहस करने लगा। उसने कहा, "चिर वैधव्य में एक पवित्र शान्ति है, एकादशी की धुंधली चांदनी से प्रकाशित समाधि-भूमि की तरह उसमें एक महान सौन्दर्य है। क्या वह विवाह की सम्भावना मात्र से नष्ट नहीं हो जाएगा?"

ऐसे कवित्व की बातें सुनते ही मुझे गुस्सा आ जाता है। अकाल में खाने के अभाव में जो व्यक्ति घुल-घुलकर मर रहा हो, उसके पास हट्टा-कट्टा कोई

व्यक्ति आकर यदि भोजन की भौतिकता के प्रति घृणा प्रकट करते हुए फूल की सुगन्ध और पक्षियों के गीत से मरते हुए का पेट भरना चाहे, तो वह कैसा लगता है?

मैंने गुस्से में आकर कहा, "सुनो नवीन, कलाकार कहते हैं कि खंडहर का भी एक सौन्दर्य होता है, लेकिन किसी घर को सिर्फ चित्र के रूप में देखने से ही काम नहीं चलता चूंकि उस घर में रहना पड़ता है। कलाकार कुछ भी कहता रहे, उस घर की मरम्मत जरूरी है। वैधव्य के बारे में, दूर बैठकर तुम चाहे कितनी कविताएं लिखना चाहो, किन्तु यह तुम्हे याद रखना चाहिए कि उसमें आकांक्षाओं से भरा एक मानव-हृदय अपनी विचत्र वेदना के साथ वास करता है।"

मेरा ख्याल था कि नवीन को मैं किसी भी तरह अपने दल में नहीं खींच सकूंगा, इसीलिए मैं उस दिन ज्यादा गर्मी से बातें कर रहा था, लेकिन सहसा मैंने देखा कि मेरे भाषण के अन्त में उसने एक गहरी सांस ली और मेरी सारी बाते मान लीं। मुझे और भी बहुत-सी अच्छी-अच्छी बातें करनी थीं, पर उसने उसका मौका ही नहीं दिया।

लगभग हफ्ते भर के बाद नवीन ने आकर कहा, "तुम अगर मदद करो, तो मैं खुद विधवा-विवाह करने को तैयार हूं।"

मेरी समझ में एक बात आ गई कि उसकी प्रियतमा काल्पनिक नहीं है। कुछ अरसे से वह एक विधवा नारी को दूर से प्यार करता रहा है, पर किसी से उसने यह प्रकट नहीं किया। जिस मासिक पत्र में नवीन की, उर्फ मेरी कविताएं प्रकाशित होती थीं, वे पत्रिकाएं ठीक जगह पर पहुंच जाया करती थीं।

वे कविताएं व्यर्थ नहीं गईं। बिना मेल-मुलाकात के ही हृदय आकर्षित करने का यह उपाय मेरे मित्र ने ढूंढ़ निकाला था

लेकिन नवीन का कहना है कि उसने कोई षडयन्त्र कर ऐसी तरकीब निकाली हो, सो बात नहीं। यहां तक कि उसका ख्याल था कि वह विधवा पढ़ना भी नहीं जानती थी। मासिक पत्रिका बिना मूल्य विधवा के भाई के मान पर भिजवा देता था। वह केवल मन को तसल्ली-भर देने का पागलपन था। उसे ऐसा लगता था कि देवता के लिए पुष्पांजलि चढ़ाई जा रही है। वे जानें या न जानें, स्वीकार करें या न स्वीकार करें।

कई बहानों के जरिए विधवा के भाई से नवीन ने मित्रता का ली थी। नवीन का कहना है कि इसमें भी उसका कोई उद्देश्य न था। जिससे प्रेम किया जाए, उसके निकट-सम्बन्धियों का संग भी मधुर लगता है।

अन्त में भाई सख्त बीमार पड़ा, तो इस सिलसिले में बहिन के साथ उसकी भेंट कैसे हुई, वह एक लम्बी कथा है। कवि के साथ कविता में वर्णित विषय का प्रत्यक्ष परिचय हो जाने के बाद कविता के सम्बन्ध में दोनों में बड़ी चर्चा हो चुकी थी और यह चर्चा छपी कविताओं में ही सीमित थी, ऐसा नहीं कहा जा सकता।

हाल में मुझसे बहस में हारकर नवीन ने उस विधवा से मिलकर विवाह का प्रस्ताव किया। पहले-पहल उसे किसी प्रकार स्वीकृति न मिली। तब नवीन नमे मेरी सारी युक्तियों का प्रयोग कर और उनके साथ अपनी आंखो के दो-चार बूंद आंसू मिलाकर उसे सम्पूर्ण रूप से हरा दिया। अब सब कुछ तय है, केवल विधवा के अभिभावक यानी उसके फूफा कुछ रूपया चाहते हैं।

मैंने कहा, "अभी लो।"

नवीन बोला, "इसके अलावा एक बात और है। शादी के बाद पिता जी पांच-छः महीने तक जरूर खर्चा देना बन्द कर देंगे और तब तक दोनों का खर्च निभाने के लिए तुम्हें इन्तजाम करना होगा।" मैंने मुंह से कुछ न कहकर एक चेक काट दिया और कहा, "अब उसका नाम बताओ। मेरे साथ जब तुम्हारी कोई प्रतियोगिता नहीं, तो परिचय देने में तुम्हें किस बात का डर है? मैं तुम्हें छूकर सौगन्ध खाता हूं कि उनके नाम कोई कविता नहीं लिखूंगा और अगर लिखूं भी तो उनके भाई के पास न भेजकर तुम्हारे पास भेज दिया करूंगां।"

नवीन ने कहा, "अरे इसके लिए मुझे कोई डर नहीं। विधवा-विवाह की लाज से वह गड़ी जा रही है, इसलिए उसने तुम लोगों से इस बारे में कोई चर्चा करने को बार-बार मना कर दिया है, पर अब छिपाना बेकार है। वह तुम्हारी ही पड़ोसिन है, उन्नीस नम्बर में रहती है।"

अगर मेरा हृदयपिंड लोहे का बायलर होता, तो उसी क्षण भक-से फट जाता, मैंनू पूछा, "विधवा-विवाह से उसे कोई एतराज नहीं है?"

नवीन ने हंसकर कहा, "फिलहाल तो कोई एतराज नहीं है।"

मैंने पूछा, "सिर्फ कविताएं पढ़कर ही वह मुग्ध हो गई?"

नवीन ने कहा, "क्यों मेरी वे कविताएं कुछ बुरी तो थी नहीं?"

मैंने मन-ही-मन कहा, 'धिक्कार है!'

धिक्कार किसे? उन्हें, या मुझे या विधाता को, लेकिन धिक्कार है!

संकट तृण

जमींदार के नायब गिरीश बसु के घर में प्यारी नाम की एक नौकरानी काम पर नई-नई लगी। कमसिन प्यारी अपने नाम के अनुरूप रुप और स्वभाव में भी थी। वह दूर पराए गांव से काम करने आई थी। कुछ ही दिन हुए थे उसे इस स्थान पर काम करते हुए कि एक दिन वह अपनी मालकिन के पास आकर रोने लगी। वृद्ध नायब की वासना दृष्टि उसे हलाकान कर रही थी। मालकिन ने उसे दिलासा दिया, बोली- 'बेटी, तू अन्यत्र चली जा। तू भले विचारों वाली है, यहाँ तुझे परेशानी होगी।' मालकिन ने उसे कुछ पैसे चुपचाप देकर उसे विदा कर दिया।

प्यारी के लिए उस गांव से भाग जाना आसान नहीं था। हाथ में पैसे भी थोड़े से ही थे। अतएव प्यारी ने गांव के ही एक भद्र पुरुष हरिहर भट्टाचार्य के घर पर आश्रय मांगा। उसके समझदार पुत्रों ने समझाना चाहा, 'बाबूजी, फजूल किसलिए विपत्ति मोल ले रहे हैं?' हरिहर सिद्धांतवादी थे- 'स्वयं विपत्ति भी अगर आकर मुझसे आश्रय मांगे तो मैं उसे लौटा नहीं सकता।।।।'

गिरीश बसु को प्यारी के पनाह की बात पता चली तो वह हरिहर भट्टाचार्य के पास पहुँचे, साष्टांग दंडवत किया और कहा, 'भट्टाचार्य महोदय, आपने मेरी नौकरानी किसलिए फुसला ली? घर में काम की बहुत असुविधा हो रही है।' प्रत्युत्तर में हरिहर भट्टाचार्य ने चंद खरी बातें कड़े स्वर में कह दीं। हरिहर सम्मानित, साफ व्यक्ति थे, किसी बात को लाग-लपेट में कहने के बजाए सीधे कहते थे। नायब गिरीश बसु को यह बात अत्यधिक अपमानजनक लगी। परंतु बड़े आडम्बर से हरिहर की चरण-धूलि लेकर वह बिदा हुआ।

इस घटना के कुछ दिनों के बाद ही हरिहर भट्टाचार्य के घर पुलिस का छापा पड़ गया। शयनकक्ष में तकिए के नीचे से नायब की पत्नी के कानों का एक जोड़ झुमका मिला जो कुछ समय पूर्व चोरी हो गया था। नौकरानी प्यारी को चोर प्रमाणित किया जाकर जेल भेज दिया गया। हरिहर भट्टाचार्य महाशय को अपनी प्रतिष्ठा के कारण ले-देकर चोर एवं चोरी के माल के संरक्षण के

अभियोग से मुक्ति मिल सकी। नायब ने भट्टाचार्य की इस संकट-घड़ी में मिलकर संवेदना प्रकट की और चरण-धूलि ली। भट्टाचार्य ने जान लिया कि उनके द्वारा एक अभागिन को नायब की इच्छा के विरुद्ध आश्रय देने के कारण ही प्यारी पर यह घोर संकट आया। उनके मन में कांटा चुभ गया। हरिहर के पुत्रों ने फिर समझाने की कोशिश की- 'जमीन जायदाद बेचकर कलकत्ता चलें, यहाँ तो बड़ी समस्या नजर आ रही है।' हरिहर दृढ़ प्रतिज्ञ थे- 'पैतृक घर मुझसे छोड़ा नहीं जाएगा, विपत्ति अगर भाग्य में बदी है तो वह कहीं भी रहो, आएगी ही।'

इस बीच, नायब ने गांव में अत्यधिक कर वृद्धि कर दी। जिसके कारण जनता विद्रोही हो उठी। हरिहर की जमीन माफी की थी, जमींदार के क्षेत्र में नहीं आती थी और कोई कर नहीं देना होता था। नायब ने जमींदार को भड़काया- हरिहर भट्टाचार्य ने ही जनता को कर नहीं देने हेतु बरगलाया है। जमींदार से आदेश मिला- 'जैसे भी हो भट्टाचार्य को ठीक करो।'

नायब गिरीश बसु ने हरिहर भट्टाचार्य की चरण-धूलि लेकर जमींदार का आदेश सुनाया- 'आपकी सामने की वह जमीन परगना की सीमा में है, अब उसे छोड़ना होगा।' हरिहर ने प्रतिवाद किया- 'यह क्या कह रहे हो? वह तो मेरी बहुत दिनों से दान स्वरूप प्राप्त जमीन है।'

परंतु हरिहर के आँगन से लगी उस जमीन को जमींदार के परगने में शामिल बताकर नालिश दायर कर दी गई। हरिहर ने अपने पुत्रों से कहा- 'अब तो इस जमीन को छोड़ना पड़ेगा। मैं बुढ़ापे में अदालतों के चक्कर नहीं काट सकता।' सदा की तरह विद्रोही स्वरों वाले पुत्रों ने कहा- 'घर से लगी पैतृक जमीन ही यदि छोड़नी पड़ जाए तो फिर इस घर में रहने का क्या अर्थ?'

वृद्ध हरिहर पैतृक सम्पत्ति को प्राण से भी अधिक चाहते थे। उसे बचाने के मोह में अदालत में हाजिर हुए। मुंसिफ नवगोपाल बाबू ने जो हरिहर की प्रतिबद्धताओं को जानते थे, उनकी गवाही को ही साक्षी मान मुकदमा खारिज कर दिया। गांव में भट्टाचार्य के प्रशंसकों ने इस बात को लेकर धूमधाम से उत्सव मनाना चाहा, परंतु हरिहर ने उन्हें रोका। नायब हरिहर से मिले, उन्हें बधाईयाँ दीं और विशेष आडम्बर के साथ उनकी चरण-धूलि ली, उसे सारी देह और सिर-माथे लगाई। और नायब ने अगले दिन ही इस निर्णय के खिलाफ अपील दायर कर दी।

न्यायालय के वकील सिद्धान्तवादी, ब्राह्मण हरिहर से पैसा नहीं लेते थे। वे ब्राह्मण को बारंबार आश्वासन देते, इस मुकदमें में कोई दम नहीं है- हारने की कोई संभावना नहीं है। दिन क्या कभी रात हो सकती है? ऐसी बातें सुनकर हरिहर निश्चिंत-से बैठे रहे।

एक दिन जमींदार के घर में ढोल बज उठे। भैंस की बलि के साथ नायब के मकान में काली मैया की पूजा होने की खबर मिली। भट्टाचार्य को खबर मिली की इस आयोजन का कारण- अपील में हुई उनकी हार है।

भट्टाचार्य ने सिर पीटते हुए अपने वकील से पूछा- 'बसंत बाबू यह आपने क्या कर दिया? अब मेरी क्या दशा होगी?'

दिन किस तरह रात में बदल गई, बसंत बाबू ने इसका रहस्य हरिहर को कुछ यूँ समझाने की कोशिश की- 'हाल ही में जो नए अतिरिक्त न्यायाधीश आए हैं, वे जब मुंसिफ थे तो मुंसिफ नवगोपाल बाबू के साथ उनकी बड़ी दुश्मनी थी। आज कुर्सी पर बैठे तो नवगोपाल बाबू की दी हुई राय को उन्होंने देखते ही पलट दिया, इसलिए आप हार गए।'

व्याकुल हरिहर ने पूछा- 'उच्च न्यायालय में अपील करें?' बसंत बाबू ने समझाया- 'न्यायाधीश ने अपील से फल पाने की संभावना नहीं छोड़ी है। उन्होंने आपके गवाह पर संदेह प्रकट कर दिया और विरोधी पक्ष के गवाह का विश्वास किया है। उच्च न्यायालय में गवाह पर विचार नहीं होगा। अत: अपील व्यर्थ ही होगी।'

वृद्ध की आँखों में आँसू थे। पूछा- 'मेरे लिए कोई उपाय?'

वकील उखड़े स्वर में बोले- 'उपाय तो एक भी नजर नहीं आता।'

दूसरे दिन नायब गिरीश बसु समारोह पूर्वक हरिहर भट्टाचार्य के घर आए, ब्राह्मण की चरण-धूलि ग्रहण की और जाते-जाते उच्छवासित गहरी सांस लेते हुए कह गए-'प्रभु, जैसी तुम्हारी इच्छा!'

आधी रात में

''डॉक्टर! डॉक्टर!!''

''परेशान कर डाला! इतनी रात गए-''

आँखें खोलकर देखा, अपने दक्षिणाचरण बाबू थे। हड़बड़ाकर उठकर टूटी पीठ की चौकी घसीटकर उन्हें बैठने को दी और उद्विग्न भाव से मुँह की ओर देखा। घड़ी देखी, रात के ढाई बजे थे।

दक्षिणाचरण बाबू ने विवर्ण मुख विस्फारित नेत्रों से कहा, ''आज रात को फिर वही उपद्रव मच गया है-तुम्हारी औषधि कुछ काम नहीं आई।''

मैंने कुछ संकोच के साथ कहा, ''मालूम होता है, आपने शराब की मात्रा फिर बढ़ा दी है।''

दक्षिणाचरण बाबू ने अत्यंत खीझकर कहा, ''यह तुम्हारा भारी भ्रम है। शराब की बात नहीं; आद्योपांत विवरण सुने बिना तुम असली कारण का अनुमान नहीं कर पाओगे।''

आले में मिट्टी के तेल की छोटी-सी ढिबरी मंद-मंद जल रही थी, मैंने उसे उकसा दिया; प्रकाश थोड़ा जगमगा उठा और बहुत-सा धुआँ निकलने लगा। धोती का छोर देह के ऊपर खींचकर अखबार बिछे चीड़ के खोखे पर बैठ गया। दक्षिणाचरण बाबू कहने लगे-''मेरी पत्नी जैसी गृहिणी मिलना बड़ा कठिन है। किंतु तब मेरी अवस्था ज्यादा नहीं थी, सहज ही रसाधिक्य हो गया था, तिस पर काव्य-शास्त्र का अच्छी तरह अध्ययन किया था, इससे निरे गृहिण तीपन से मन नहीं भर पाता था।

कालिदास का यह श्लोक प्राय: मन में उभर आता-

गृहिणी सचिव: सखी मिथ:

प्रियशिष्या ललिते कलाविधौ।

किंतु मेरी पत्नी पर ललित कलाविधि का कोई उपदेश नहीं चल पाता था और यदि सखीभाव से प्रथम-संभाषण करता तो वे हँसकर उड़ा देतीं। गंगा के प्रवाह से जिस प्रकार इंद्र का ऐरावत परास्त हो गया था वैसे ही उनकी

हँसी के सामने बड़े-बड़े काव्यों के टुकड़े और प्यार के अच्छे-अच्छे संभाषण क्षण-भर में ही खिसककर बह जाते। हँसने की उनमें अपूर्व क्षमता थी।

उसके बाद, आज लगभग चार बरस हुए मुझे भयंकर रोग ने धर दबाया। होंठों पर दाने निकल आए। ज्वर-विकार हुआ, मरने की-सी हालत हो गई। बचने की कोई आशा नहीं थी। एक दिन ऐसा हुआ कि डॉक्टर भी जवाब दे गया। तभी मेरे एक आत्मीय ने कहीं से एक ब्रह्मचारी को ला उपस्थित किया; उसने गाय के घी के साथ एक जड़ी पीसकर मुझे खिला दी। चाहे औषधि के गुण से हो या भाग्य के फेर से, उस बार मैं बच गया।

बीमारी के समय मेरी स्त्री ने दिन-रात एक क्षण भी विश्राम नहीं किया। उन कई एक दिनों में एक अबला स्त्री ने मनुष्य की सामान्य शक्ति के सहारे प्राणपण से व्याकुलता के साथ द्वार पर आए हुए यमदूतों से अनवरत युद्ध किया। अपने संपूर्ण प्रेम, समस्त हृदय, सारी सेवा से उसने मेरे इस अयोग्य प्राण को स्वयं मानो दुधमुँहें शिशु समान दोनों हाथों से छिपाकर ढक लिया था। आहार नहीं, नींद नहीं, संसार में और किसी का कोई ध्यान न रहा।

यम तो पराजित बाघ के समान मुझे अपने चंगुल से छोड़कर चले गए, किंतु जाते-जाते मेरी स्त्री पर एक प्रबल पंजा मार गए।

मेरी स्त्री उस समय गर्भवती थीं, कुछ समय बाद उन्होंने एक मृत संतान को जन्म दिया। उसके साथ से ही उनके नाना प्रकार के जटिल रोगों का सूत्रपात हुआ। तब मैंने उनकी सेवा आरंभ कर दी। उससे वे बहुत व्याकुल हो उठीं। कहने लगीं, ''अरे! क्या करते हो? लोग क्या कहेंगे! इस प्रकार दिन-रात तुम मेरे कमरे में मत आया-जाया करो।''

स्वयं पंखे की हवा के बहाने यदि रात को ज्वर के समय मैं पंखा झलने चला जाता तो भारी छीना-झपटी मच जाती। किसी दिन उनकी शुश्रूषा के कारण यदि मेरे नियमित भोजन के समय में दस मिनट की देर हो जाती, वह भी नाना प्रकार का अनुनय, अनुयोग का कारण बन जाती। थोड़ी-सी सेवा करने पर लाभ के बदले हानि होने लगती। वे कहतीं, ''पुरुषों का इतना अति करना अच्छा नहीं है।''

हमारे बरानगर के उस घर को, मेरा ख्याल है तुमने देखा है। घर के सामने ही बगीचा है और बगीचे के सामने गंगा बहती है। हमारे सोने के कमरे के नीचे ही दक्षिण की ओर मेहँदी की बाड़ लगाकर कुछ जमीन घेरकर मेरी पत्नी

ने अपने मनपसंद बगीचे का एक टुकड़ा तैयार किया था। संपूर्ण बगीचे में वही भाग अत्यंत सीधा-सादा और एकदम देशी था। अर्थात् उसमें गंध की अपेक्षा वर्ण की बहार, फूल की तुलना में पत्तों का वैचित्र्य नहीं था, और गमलों में लगाए छोटे पौधों के समीप कमची के सहारे कागज की बनी लैटिन में लिखे नाम की जय-ध्वजा नहीं उड़ती थी। बेला, जूही, गुलाब, गंधराज, कनेर और रजनीगंधा का ही प्रादुर्भाव कुछ अधिक था। एक विशाल मौलश्री वृक्ष के नीचे सफेद संगमरमर पत्थर का चबूतरा बना था। स्वस्थ रहने पर वे स्वयं खड़ी होकर दोनों समय उसको धोकर साफ करवाती थीं। ग्रीष्मकाल में काम से छुट्टी पाने पर संध्या समय वही उनके बैठने का स्थान था। वहाँ से गंगा दिखती थीं, किंतु गंगा से कोठी की छोटी नौका में बैठे बाबू लोग उनको नहीं देख पाते थे।

बहुत दिन तक चारपाई पर पड़े-पड़े एक दिन चैत्र में शुक्लपक्ष की संध्या को उन्होंने कहा, ''घर में बंद रहने से मेरा प्राण न जाने कैसा हो रहा है आज एक बार अपने उस बगीचे में जाकर बैठूँगी।''

मैंने उनको बहुत सँभालकर पकड़े हुए धीरे-धीरे ले जाकर उसी मौलश्री वृक्ष के नीचे बनी पत्थर की वेदी पर लिटा दिया। यों तो मैं अपनी जाँघ पर ही उनका सिर रख सकता था, किंतु मैं जानता था कि वे उसे विचित्र-सा आचरण समझेंगी, इसलिए एक तकिया लाकर उनके सिर के नीचे रख दिया।

मौलश्री के दो-एक खिले हुए फूल झर रहे थे। और शाखाओं के बीच से छायांकित ज्योत्स्ना उनके शीर्ण मुख के ऊपर आ पड़ी। चारों ओर शांति और निस्तब्धता थी; उस सघन गंधपूर्ण छायांधकार में एक ओर चुपचाप बैठकर उनके मुख की ओर देखकर मेरी आँखों में पानी भर आया।

मैंने धीरे-धीरे बहुत समीप पहुँचकर अपने हाथों से उनका एक उत्तप्त जीर्ण हाथ ले लिया। इस पर उन्होंने कोई आपत्ति नहीं की। कुछ देर इसी प्रकार चुपचाप बैठे-बैठे मेरा हृदय न जाने कैसा उद्वेलित हो उठा! मैं बोल उठा, ''तुम्हारे प्रेम को मैं कभी नहीं भूलूँगा।''

तभी समझा, इस बात के कहने की कोई आवश्यकता नहीं थी। मेरी पत्नी हँस पड़ी। उस हँसी में लज्जा थी, सुख था और थोड़ा-सा अविश्वास था; और उसमें काफी मात्रा में परिहास की तीव्रता भी थी। प्रतिवादस्वरूप कोई बात न कहकर उन्होंने केवल अपनी उसी हँसी से ही व्यक्त किया, ''किसी दिन भूलोगे नहीं, यह कभी संभव नहीं और मैं इसकी प्रत्याशा भी नहीं करती।''

इस सुमिष्ट सुतीक्ष्ण हँसी के भय से ही मैंने कभी अपनी पत्नी के साथ अच्छी तरह प्रेमालाप करने का साहस नहीं किया। उनके सामने न रहने पर जो अनेक बातें मन में आतीं, उनके सामने जाते ही वे अत्यंत व्यर्थ लगने लगतीं। छत् अक्षरों में जो बातें पढ़ने पर नेत्रों से आँसुओं की धारा बहने लगती है उनको मुँह से कहते हमें क्यों हँसी आती है, यह मैं आज तक नहीं समझ सका।

बातचीत में तो वाद-प्रतिवाद चल जाता है, किंतु हँसी के ऊपर तर्क नहीं चलता, इसलिए चुप होकर रह जाना पड़ा। ज्योत्स्ना उज्ज्वलतर हो उठी। एक कोयल बार-बार कुहू-कुहू करती हुई चंचल हो गई। मैं बैठा-बैठा सोचने लगा, ऐसी ज्योत्स्ना-रात्रि में भी क्या पिकवधू बधिर हो गई है?

बहुत चिकित्सा करने पर भी मेरी पत्नी का रोग शांत होने के कोई लक्षण नहीं दिखे। डॉक्टर ने कहा, ''एक बार जलवायु परिवर्तन करके देखना अच्छा होगा।''

मैं पत्नी को लेकर इलाहाबाद चला गया।

इतना कहकर दक्षिणा बाबू सहसा चौंककर चुप हो गए। संदेहपूर्ण भाव से मेरे मुख की ओर देखा, उसके बाद दोनों हाथों से सिर थामकर सोचने लगे। मैं भी चुप बैठा रहा। ताक में केरोसीन की ढिबरी टिमटिमाकर जलने लगी और निस्तब्ध कमरे में मच्छरों की भिनभिनाहट स्पष्ट रूप से सुनाई दे रही थी। हठात् मौन तोड़कर दक्षिणा बाबू ने कहना शुरू किया–''वहाँ हारान डॉक्टर पत्नी की चिकित्सा करने लगे।''

अंत में बहुत दिन तक स्थिति में कोई अंतर होते न देखकर डॉक्टर ने भी कह दिया, मैं भी समझ गया और मेरी पत्नी भी समझ गई कि उनका रोग अच्छा होने वाला नहीं है। उनको सदा रुग्ण रहकर ही जीवन काटना पड़ेगा।

तब एक दिन मेरी पत्नी ने मुझसे कहा, ''जब न तो व्याधि ही दूर होती है और न मरने की ही कोई आशा है तब और कितने दिन इस जीवन्मृत को लिए काटोगे? तुम दूसरा विवाह करो।''

यह मानो केवल एक युक्तिपूर्ण और समझदारी की बात थी–इसमें कोई भारी महत्त्व, वीरत्व या कुछ असामान्य था, ऐसा लेश-मात्र भी उनका भाव नहीं था।

अब मेरे हँसने की बारी थी। किंतु मुझमें क्या उस प्रकार हँसने की क्षमता

है! मैं उपन्यास के प्रधान नायक के समान गंभीर और सगर्व भाव से कहने लगा, ''जितने दिन इस शरीर में प्राण है।।।''

वे टोककर बोलीं, ''''बस-बस, और अधिक मत बोलो! तुम्हारी बात सुनकर तो मैं दंग रग जाती हूँ।''

पराजय स्वीकार न करते हुए मैं बोला, ''इस जीवन में और किसी से प्रेम नहीं कर सकूँगा।''

सुनकर मेरी पत्नी जोर से हँस पड़ीं। तब मुझे परास्त होना पड़ा।

मैं नहीं जानता कि उस समय कभी अपने आपसे भी स्पष्ट स्वीकार किया था या नहीं, किंतु इस समय मैं समझ रहा हूँ कि उस आरोग्य-आशाहीन सेवा-कार्य से मैं मन ही थक गया था। उस काम में चूक करूँगा, ऐसी कल्पना भी मेरे मन में नहीं थी; अतएव, चिर जीवन इस चिररुग्ण को लेकर बिताना होगा, यह कल्पना भी मुझे पीड़ाजनक प्रतीत हुई। यौवन की प्रथम बेला में जब सामने देखा था तब प्रेम की कुहक में, सुख के आश्वासन में, सौंदर्य की मरीचिका में मुझे अपना समस्त भावी जीवन खिलता हुआ दिखाई दिया था, अब आज से लेकर अंत तक केवल आशाहीन सुदीर्घ प्यासी मरुभूमि।

मेरी सेवा में वह आंतरिक थकान उन्होंने अवश्य ही देख ली थी उस समय मैं नहीं जानता था, किंतु अब जरा भी संदेह नहीं है कि वे मुझे संयुक्ताक्षरहीन 'शिशु शिक्षा' के प्रथम भाग के समान बहुत ही आसानी से समझ लेती थीं। इसीलिए जब उपन्यास का नायक बनकर मैं गंभीर मुद्रा में उनके पास कवित्व प्रदर्शित करने जाता तो वे बड़े अकृत्रिम स्नेह, किंतु अनिवार्य कौतूक के साथ हँस उठतीं। मेरे अपने अगोचर अंतर की सब बातों को भी वे अंतर्यामी के समान जानती थीं, इस बात को सोचकर आज भी लज्जा से मर जाने की इच्छा होती है।

डॉक्टर हारान हमारे स्वजातीय थे। उनके घर प्राय: मेरा निमंत्रण रहता। कुछ दिनों के आने-जाने के बाद डॉक्टर ने अपनी कन्या के साथ मेरा परिचय करा दिया। कन्या अविवाहित थी, उसकी उम्र पंद्रह की रही होगी। डॉक्टर ने कहा कि उनको मन के अनुकूल पात्र नहीं मिला, इसलिए उन्होंने उसका विवाह नहीं किया। किंतु बाहर के लोगों से अफवाह सुनता-कन्या के कुल में दोष था।

किंतु, और कोई दोष नहीं था। जैसी सुंदर थी वैसी ही सुशिक्षिता। इस कारण कभी-कभी एकाध दिन उनके साथ नाना विषयों पर आलोचना करते-करते घर लौटते मुझे रात हो जाती, पत्नी की औषधि देने का समय

निकल जाता। वे जानती थीं कि मैं डॉक्टर के घर गया हूँ; किंतु उन्होंने एक भी दिन विलंब के कारण के विषय में प्रश्न तक नहीं किया।

मरुभूमि में फिर एक बार मरीचिका दिखाई देने लगी। तृष्णा जब गले तक आ गई थी तभी आँखों के सामने लबालब स्वच्छ जल कलकल, छलछल करने लगा! इस स्थिति में मन को प्राणपण से रोकने पर भी मोड़ नहीं सका।

रोगी का कमरा मुझे पहले से दुगना निरानंद लगने लगा। तब सेवा करने और औषधि खिलाने का नियम सब प्राय: भंग होने लगा।

डॉक्टर हारान बीच-बीच में मुझसे प्राय: कहते रहते, जिनका रोग अच्छा होने की कोई संभावना नहीं है उनका मरना ही भला है, क्योंकि जीवित रहने से उनको स्वयं भी सुख नहीं मिलता, और दूसरों को भी दुख होता है।'' साध ारण रूप से ऐसी बात कहने में कोई दोष नहीं तथापि मेरी स्त्री को लक्ष्य करके इस प्रकार के प्रसंग का उठाना उनके लिए उचित न था। किंतु, मनुष्य के जीवन-मरण के विषय में डॉक्टरों के मन ऐसे अनुभूतिशून्य होते हैं कि वे ठीक प्रकार से हमारे मन की हालत नहीं समझ सकते।

सहसा एक दिन बगल के कमरे से सुना, मेरी पत्नी हारान बाबू से कह रही थीं, ''डॉक्टर, फिजूल में इतनी औषधियाँ खिला-खिलाकर औषधालय का कर्ज क्यों बढ़ा रहे हो? जब मेरी जान ही एक लाइलाज बीमारी है तब कोई ऐसी दवा दो कि यह जान ही निकल जाए और जान छूटे।''

डॉक्टर ने कहा, ''छि:! ऐसी बातें न करें।''

यह सुनकर मेरे हृदय को एकबारगी बड़ा आघात पहुँचा। डॉक्टर के चले जाने पर मैं अपनी स्त्री के कमरे में जाकर उनकी चारपाई के सिरहाने बैठ गया, उनके माथे पर धीरे-धीरे हाथ फेरने लगा। वे बोलीं, ''यह कमरा बड़ा गरम है, तुम बाहर जाओ। टहलने जाने का समय हो गया है। थोड़ा टहले बिना रात को तुम्हें भूख नहीं लगेगी।''

टहलने जाने का अर्थ था, डॉक्टर के घर जाना। मैंने उनको समझाया था कि भूख लगने के लिए थोड़ा टहल लेना विशेष आवश्यक है। आज मैं निश्चयपूर्वक कह सकता हूँ, वे प्रतिदिन की मेरी इस छलना को समझती थीं। मैं ही निर्बोध था जो सोचता था कि ये निर्बोध हैं।

यह कहकर दक्षिणाचरण बाबू हथेली पर सिर टिकाए बहुत देर तक मौन बैठे रहे। अंत में बोले, ''मुझे एक गिलास पानी ला दो!'' पानी पीकर कहने

लगे-एक दिन डॉक्टर बाबू की पुत्री मनोरमा ने मेरी पत्नी को देखने के लिए आने की इच्छा प्रकट की। पता नहीं क्यों, उनका यह प्रस्ताव मुझे अच्छा नहीं लगा। किंतु प्रतिवाद करने का कोई कारण नहीं था। वे एक दिन संध्या को मेरे घर आ उपस्थित हुईं।

उस दिन मेरी पत्नी की पीड़ा अन्य दिनों की अपेक्षा कुछ बढ़ गई थी। जिस दिन उनका कष्ट बढ़ता उस दिन वे अत्यंत स्थिर और चुपचाप रहतीं; केवल बीच-बीच में मुठियाँ बँध जातीं और मुँह नीला हो जाता, इसी से उनकी पीड़ा का अनुमान होता। कमरे में कोई आहट नहीं थी, मैं बिस्तर के किनारे चुपचाप बैठा था। उस दिन टहलने जाने का मुझसे अनुरोध करें, इतनी सामर्थ्य उनमें नहीं थी या हो सकता है, मन ही मन उनकी यह इच्छा रही हो कि अत्यधिक कष्ट के समय मैं उनके पास रहूँ। चौंध न लगे, इससे केरोसिन की बत्ती दरवाजे के पास थी। कमरा अँधेरा और निस्तब्ध था। केवल कभी-कभी पीड़ा के समय कुछ शांत होने पर मेरी पत्नी का दीर्घ निःश्वास सुनाई पड़ता था।

इस समय मनोरमा कमरे के दरवाजे पर आ खड़ी हुई। उलटी ओर से बत्ती का प्रकाश आकर मुख पर पड़ा। प्रकाश से चौंधिया जाने के मारे कमरे में कुछ भी न देख पाने के कारण वे कुछ क्षणों तक दरवाजे के पास खड़ी इधर-उधर करने लगीं।

मेरी स्त्री ने चौंककर मेरा हाथ पकड़कर पूछा, ''वह कौन है?'' अपनी उस दुर्बल अवस्था में सहसा अपरिचित व्यक्ति को देखकर उन्होंने डरकर मुझसे दो-तीन बार अस्पष्ट स्वर में प्रश्न किया, ''कौन है? वह कौन है जी?''

न जाने मेरी कैसी दुर्बुद्धि हुई कि मैंने पहले ही कह दिया, ''मैं नहीं जानता।'' कहते ही मानो किसी ने मुझे चाबुक मारा। दूसरे क्षण मैं बोला, ''ओह, अपने डॉक्टर बाबू की लड़की!''

पत्नी ने एक बार मेरे मुख की ओर देखा, मैं उनके मुख की ओर नहीं देख सका। दूसरे ही क्षण उन्होंने क्षीण स्वर में अभ्यागत से कहा, ''आप आइए!'' मुझसे बोलीं, ''उजाला करो।''

मनोरमा कमरे में आकर बैठ गई। उनके साथ मरीज की थोड़ी-बहुत बातचीत चलने लगी। इसी समय डॉक्टर बाबू आ उपस्थित हुए।

वे अपने औषधालय से दो शीशी औषधि साथ ले आए थे। उन शीशियों को बाहर निकालते हुए वे मेरी पत्नी से बोले, ''यह नीली शीशी मालिश

करने के लिए और यह खाने के लिए। देखिए, दोनों को मिलाइएगा नहीं, यह औषधि भयंकर विष है।''

मुझे भी एक बार सावधान करते हुए दोनों दवाइयों को चारपाई के पास मेज पर रख दिया। विदा लेते समय डॉक्टर ने अपनी पुत्री को बुलाया।

मनोरमा ने कहा, ''पिताजी, मैं यहाँ रह जाऊँ? साथ में कोई महिला नहीं है, उनकी सेवा कौन करेगा?''

मेरी स्त्री व्याकुल हो उठीं। बोलीं, ''नहीं-नहीं, आप कष्ट न कीजिए! पुरानी नौकरानी है, वह माँ की भाँति मेरी सेवा करती है।''

डॉक्टर हँसते हुए बोले, ''ये लक्ष्मीस्वरूपा हैं! चिरकाल से दूसरे की सेवा करती आ रही हैं, दूसरे की सेवा सहन नहीं कर सकतीं।''

पुत्री को लेकर जाने की तैयारी कर ही रहे थे कि उसी समय मेरी स्त्री बोली, ''डॉक्टर बाबू, ये इस बंद कमरे में बहुत समय से बैठे हैं, इनको थोड़ी देर बाहर घुमा ला सकते हैं?''

डॉक्टर बाबू ने मुझसे कहा, ''चलिए न, आपको नदी के किनारे थोड़ा घुमा लाएँ।''

मैं तनिक आपत्ति प्रकट करने के बाद शीघ्र ही राजी हो गया। डॉक्टर बाबू ने चलते समय दवाइयों की दोनों शीशियों के संबंध में फिर मेरी पत्नी को सावधान कर दिया।

उस दिन मैंने डॉक्टर के घर ही भोजन किया। लौटने में रात हो गई। आकर देखा, मेरी स्त्री छटपटा रही थीं। मैंने पश्चात्ताप से पीड़ित होकर पूछा, ''क्या तुम्हारी तकलीफ बढ़ गई है?''

वे उत्तर न दे सकीं। चुपचाप मेरे मुख की ओर देखने लगीं। उस समय उनका गला रुँध गया था।

मैं तुरंत रात में ही डॉक्टर को बुला लाया।

डॉक्टर आकर पहले तो बहुत देर तक कुछ समझ ही न सके। अंत में उन्होंने पूछा, ''क्या तकलीफ बढ़ गई है? एक बार दवा की मालिश करके क्यों न देखा जाए।''

यह कहते हुए उन्होंने टेबल से शीशी उठाकर देखी, वह खाली थी।

मेरी पत्नी से पूछा, ''क्या आपने गलती से यह दवा खाई है?''

मेरी पत्नी ने गर्दन हिलाकर चुपचाप बताया, ''हाँ।''

डॉक्टर तुरंत अपने घर से पंप लाने के लिए गाड़ी में दौड़े। मैं अर्ध-मूर्च्छित-सा पत्नी के बिस्तर पर पड़ गया।

उस समय, जिस प्रकार माता पीड़ित शिशु को सांत्वना देती है उसी प्रकार उन्होंने मेरे सिर को अपने वक्षस्थल के पास खींचकर हाथों के स्पर्श द्वारा मुझे अपने मन की बात समझाने की चेष्टा की। केवल अपने उस करुण स्पर्श के द्वारा ही वे मुझसे बार-बार कहने लगीं, ''दुखी मत होना, अच्छा ही हुआ। तुम सुखी रहोगे, यही सोचकर मैं सुख से मर रही हूँ।''

जब डॉक्टर लौटे तो जीवन के साथ-साथ मेरी स्त्री यंत्रणाओं का भी अवसान हो गया था।

दक्षिणाचरण फिर से एक बार पानी पीकर बोले, ''ओह! बड़ी गरमी है!'' यह कहते हुए तेजी से बाहर निकलकर बरामदे में दो-चार बार टहलने के बाद फिर आ बैठे। अच्छी तरह स्पष्ट हो गया, वे कहना नहीं चाहते थे, किंतु मानो मैंने जादू से उनसे बात निकलवा ली हो। फिर आरंभ किया–

मनोरमा से विवाह करके घर लौट आया।

मनोरमा ने अपने पिता की सम्मति के अनुसार मुझसे विवाह किया। किंतु जब मैं उससे प्रेम की बात कहता, प्रेमालाप करके उसके हृदय पर अधिकार करने की चेष्टा करता तो वह हँसती नहीं, गंभीर बनी रहती। उसके मन में कहाँ किस जगह क्या खटका लग गया था, मैं कैसे समझता?

इन्हीं दिनों मेरी शराब पीने की लत बहुत बढ़ गई।

एक दिन शरद् के आरंभ में संध्या को मनोरमा के साथ अपने बरानगर के बाग में टहल रहा था। घोर अंधकार हो आया था। घोंसलों में पक्षियों के पंख फड़फड़ाने तक की आहट नहीं थी, केवल घूमने के रास्ते के दोनों किनारे घनी छाया से ढँके झाऊ के पेड़ हवा में सर-सर करते काँप रहे थे।

थकान का अनुभव करती हुई मनोरमा उसी मौलश्री वृक्ष के नीचे शुभ्र पत्थर की वेदी पर आकर अपने हाथों के ऊपर सिर रखकर लेट गई। मैं भी पास आकर बैठ गया।

वहाँ और भी घना अंधकार था; आकाश का जो भाग दिखाई दे रहा था, वह पूरी तरह तारों से भरा था। वृक्षों के तले के झींगुरों की ध्वनि मानो अनंत गगन के वक्ष से च्युत निःशब्दता पर ध्वनि की एक पतली किनारी बुन रही हो।

उस दिन भी शाम को मैंने कुछ शराब पी थी, मन खूब तरलावस्था में था। अंधकार जब आँखों को सहन हो गया तब वृक्षों की छाया के नीचे पांडु वर्ण वाली उस शिथिल-आँचल श्रांतकाय रमणी की अस्पष्ट मूर्ति ने मेरे मन में एक अनिवार्य आवेग का संचार कर दिया। मुझे लगा, वह मानो कोई छाया हो, मैं उसे मानो किसी भी तरह अपनी बाँहों में बाँध नहीं सकूँगा।

इसी समय अँधेरे झाऊ वृक्षों की चोटियों पर जैसे आग जल उठी हो; उसके पश्चात् कृष्ण पक्ष के क्षीण हरिद्रावर्ण चाँद ने धीरे-धीरे वृक्षों के ऊपर आकाश में आरोहण किया। सफेद पत्थर पर सफेद साड़ी पहने उसी थकी लेटी रमणी के मुख पर ज्योत्सना आकर पड़ी। मैं और न सह सका। पास आकर हाथों में उसका हाथ लेकर बोला, ''मनोरमा, तुम मेरा विश्वास नहीं करतीं, पर मैं तुमसे प्रेम करता हूँ। मैं तुमको कभी नहीं भूल सकता।''

बात कहते ही मैं चौंक उठा। याद आया, ठीक यही बात मैंने कभी किसी और से भी कही थी। और तभी मौलश्री की शाखाओं के ऊपर होती हुई झाऊ वृक्ष की चोटी पर से होती हुई कृष्ण पक्ष के पीतवर्ण खंडित चाँद के नीचे से, गंगा के पूर्वी किनारे से लेकर गंगा के सुदूर पश्चिमी किनारे तक हा-हा-हा-हा-हा-हा करतीं एक हँसी अत्यंत तीव्र वेग से प्रवाहित हो उठी। वह मर्मभेदी हँसी थी या अभ्रभेदी हाहाकार था, कह नहीं सकता। मैं उसी क्षण मूर्च्छित होकर पत्थर की वेदी से नीचे गिर पड़ा।

मूर्च्छा भंग होने पर देखा, अपने कमरे में बिस्तर पर लेटा हूँ। पत्नी ने पूछा, ''तुम्हें अचानक यह क्या हुआ?''

मैंने काँपते हुए कहा, ''तुमने सुना नहीं, समस्त आकाश को परिपूर्ण करती हुई एक हा-हा करती हँसी ध्वनित हुई थी?''

पत्नी ने हँसकर कहा, ''वह हँसी थोड़े ही थी। पंक्ति बाँधकर पक्षियों का एक बहुत बड़ा झुंड उड़ा था, उन्हीं के पंखों का शब्द सुनाई दिया था। तुम इतने से ही डर जाते हो?''

दिन के समय मैं स्पष्ट समझ गया कि वह सचमुच पक्षियों के झुंड के उड़ने का ही शब्द था। इस ऋतु में उत्तर दिशा में हंस-श्रेणी नदी के कछार में चारा चुगने के लिए आती है, किंतु संध्या हो जाने पर यह विश्वास टिक नहीं पाता था। उस समय लगता, मानो चारों ओर समस्त अंधकार को भरती हुई सघन हँसी जमा हो गई हो, किसी सामान्य बहाने से ही अचानक आकाशव्यापी

अंधकार को विदीर्ण करके ध्वनित हो उठेगी। अंत में ऐसा हुआ कि संध्या के बाद मनोरमा से मुझे कोई भी बात कहने का साहस न होता।

तब मैं बरानगर के अपने घर को त्यागकर मनोरमा को साथ लेकर नौका पर बाहर निकल पड़ा। अगहन के महीने में नदी की हवा से सारा भय भाग गया। कुछ दिनों बड़े सुख में रहा। चारों ओर के सौंदर्य से आकर्षित होकर-मनोरमा भी मानो बहुत दिन बाद मेरे लिए अपने हृदय का रुद्ध धीरे-धीरे खोलने लगी।

गंगा पार कर, खड़ पार कर अंत में हम पद्मा में आ पहुँचे। भयकारी पद्मा उस समय हेमंत ऋतु की विवरलीन भुजंगिनी के समान कृश निर्जीव-सी लंबी शीतनिद्रा में मग्न थी। और दक्षिण के ऊँचे किनारे पर गाँवों के आमों के बगीचे इस राक्षसी नदी के मुख में करवट बदलती और विदीर्ण तट-भूमि छपाक से टूट-टूटकर गिर पड़ती। यहाँ घूमने की सुविधा देखकर नौका बाँध दी।

एक दिन घूमते हुए हम दोनों बदुत दूर चले गए। सूर्यास्त की स्वर्णच्छाया विलीन होते ही शुक्ल पक्ष का निर्मल चंद्रालोक देखते-देखते खिल उठा। अंतहीन शुभ्र बालू के कछार पर जब अजस्र, मुक्त उच्छ्वसित ज्योत्स्ना एकदम आकाश की सीमाओं तक प्रसारित हो गई तब लगा मानो जन-शून्य चंद्रालोक के असीम स्वप्न-राज्य में केवल हम दो व्यक्ति ही भ्रमण कर रहे हों। एक लाल शॉल मनोरमा के सिर से उतरता उसके मुख को वेष्टित करते हुए उसके शरीर को ढँके हुए था। निस्तब्धता जब गहरी हो गई, केवल सीमाहीन, दिशाहीन शुभ्रता और शून्यता के अतिरिक्त जब और कुछ भी न रहा तब मनोरमा ने धीरे-धीरे हाथ बढ़ाकर जोर से मेरा हाथ पकड़ लिया। अत्यंत पास आकर वह मानो अपना संपूर्ण तन-मन-जीवन-यौवन मेरे ऊपर डालकर एकदम निर्भय होकर खड़ी हो गई। मैंने पुलकित-उद्वेलित हृदय से सोचा, कमरे के भीतर क्या भला यथेष्ट प्रेम किया जा सकता है? यदि ऐसा अनावृत मुक्त अनंत आकाश न हो तो क्या कहीं दो व्यक्ति बँध सकते हैं? उस समय लगा-हमारे न घर है, न द्वार है, न कहीं लौटना है। बस हम इसी प्रकार हाथ में हाथ लिए अगम्य मार्ग में उद्देश्यहीन भ्रमण करते हुए चंद्रालोकित शून्यता पर पैर धरते मुक्त भाव से चलते रहेंगे।

इसी प्रकार चलते-चलते एक जगह पहुँचकर देखा, थोड़ी दूर पर बालुका-राशि के बीच एक जलाशय-सा बन गया है, पद्मा के उतर जाने पर उसमें पानी जमा रह गया था।

उस मरु बालुकावेष्टित निस्तरंग, गाढ़ निद्रामग्न, निश्चल जल पर विस्तृत ज्योत्स्ना की रेखा मूर्च्छित भाव से पड़ी थी। उसी स्थान पर आकर हम दोनों व्यक्ति खड़े हो गए-मनोरमा ने न जाने क्या सोचकर मेरे मुख की ओर देखा, अचानक उसके सिर पर से शॉल खिसक गया। मैंने ज्योत्स्ना से खिला हुआ उसका वह मुँह उठाकर चूम लिया।

उसी समय उस जनमानव-शून्य निःसंग मरुभूमि के गंभीर स्वर में न जाने कौन तीन बार बोल उठा, ''कौन है? कौन है?''

मैं चौंक पड़ा, मेरी पत्नी भी काँप उठी। किंतु दूसरे ही क्षण हम दोनों ही समझ गए कि यह शब्द मनुष्य का नहीं था, अमानवीय भी नहीं था। कछार में विहार करने वाले जलचर पक्षी की आवाज थी। इतनी रात को अचानक अपने निरापद निभृत निवास के समीप जन-समागम देखकर वह चौंक उठा था।

भय से चौंककर हम दोनों झटपट नौका में लौट आए। रात को आकर बिस्तर पर लेट गए। थकी होने के कारण मनोरमा शीघ्र ही सो गई। उस समय अंधकार में न जाने कौन मेरी मसहरी के पास खड़ा होकर सुषुप्त मनोरमा की ओर एक लंबी जीर्ण अस्थि-पिंजर-मात्र अँगुली दिखाकर मानो मेरे कान में बिलकुल चुपचाप अस्फुट स्वर में बारंबार पूछने लगी, ''कौन है? कौन है? वह कौन है जी?''

झटपट उठकर दियासलाई धिसकर बत्ती जलाई। उसी क्षण वह छायामूर्ति विलीन हो गई। मेरी मसहरी को कँपाकर, नौका को डगमगाकर, मेरे स्वेद-सने शरीर के रक्त को वर्ष करके हा-हा-हा-हा-हा-हा करती हुई एक हँसी अंध कार रात्रि में बहती हुई चली गई। पद्मा को पार कर, पद्मा के कछार को पार कर, उसके तटवर्ती समस्त सुप्त देश, ग्राम, नगर पार कर मानो वह चिरकाल से देश-देशांतर, लोक-लोकांतर को पार करती क्रमशः क्षीण, क्षीणतर, क्षीण तम होकर सुदूर की ओर चली जा रही थी, धीरे-धीरे वह मानो जन्म-मृत्यु के देश को पीछे गई, क्रमशः वह मानो सुई के अग्रभाग के समान क्षीणतम हो आई। मैंने इतना क्षीण स्वर पहले कभी नहीं सुना, कल्पना भी नहीं की, मानो मेरे दिमाग में अनंत आकाश हो और वह शब्द कितनी ही दूर क्यों न जा रहा हो, किसी भी प्रकार मेरे मस्तिष्क की सीमा छोड़ नहीं पा रहा हो। अंत में जब नितांत असह्य हो गया तब सोचा, बत्ती बुझाए बिना सो नहीं पाऊँगा। जैसे ही रोशनी बुझाकर लेटा वैसे ही मेरी मसहरी के पास, मेरे कान के समीप,

अँधेरे में वह अवरुद्ध स्वर फिर बोल उठा, ''कौन है? कौन है? वह कौन है जी?'' मेरे हृदय का रक्त भी उसी पर ताल देता हुआ क्रमश: ध्वनित होने लगा, ''कौन है? कौन है? वह कौन है जी?'' ''कौन है? कौन है? वह कौन है जी?'' उसी गहरी रात में निस्तब्ध नौका में मेरी गोलाकार घड़ी भी सजीव होकर अपनी घंटे की सुई को मनोरमा की ओर घुमाकर शेल्फ के ऊपर से ताल मिलाकर बोलने लगी, ''कौन है? वह कौन है जी? कौन है? कौन है? वह कौन है जी?''

कहते-कहते दक्षिणा बाबू का रंग फीका पड़ गया उनका गला रुँध आया। मैंने उनको सहारा देते हुए कहा, ''थोड़ा पानी पीजिए!'' इसी समय सहसा मेरी केरोसीन की बत्ती लुप-लुप करती बुझ गई। अचानक देखा, बाहर प्रकाश हो गया है। कौआ बोल उठा। दहिंगल पक्षी सिसकारी भरने लगा। मेरे घर के सामने वाले रास्ते पर भैंसागाड़ी का चरमर-चरमर शब्द होने लगा। दक्षिणा बाबू के मुख की मुद्रा अब बिलकुल बदल गई।

अब भय का कोई चिह्न न रहा। रात्रि की कुहक में काल्पनिक शंका की मत्तता में मुझसे जो इतनी बातें कह डालीं उसके लिए वे अत्यंत लज्जित और मेरे ऊपर मन ही मन क्रोधित हो उठे। शिष्टाचार-प्रदर्शन शब्द के बिना ही वे अकस्मात उठकर द्रुतगति से चले गए।

उसी दिन आधी रात में फिर मेरे दरवाजे पर खटखटाहट हुई, ''डॉक्टर! डॉक्टर!''

अतिथि

1

काँठलिया के जमींदार मतिलाल बाबू नौका से सपरिवार अपने घर जा रहे थे। रास्ते में दोपहर के समय नदी के किनारे की एक मंडी के पास नौका बाँधकर भोजन बनाने का आयोजन कर ही रहे थे कि इसी बीच एक ब्राह्मण-बालक ने आकर पूछा, ''बाबू, तुम लोग कहाँ जा रहे हो?'' सवाल करने वाले की उम्र पंद्रह-सोलह से अधिक न होगी।

मति बाबू ने उत्तर दिया, ''काँठालिया।''

ब्राह्मण-बालक ने कहा, ''मुझे रास्ते में नंदीग्राम उतार देंगे आप''

बाबू ने स्वीकृति प्रकट करते हुए पूछा, ''तुम्हारा क्या नाम है?''

ब्राह्मण-बालक ने कहा, ''मेरा नाम तारापद है।''

गौरवर्ण बालक देखने में बड़ा सुंदर था। उसकी बड़ी-बड़ी आँखों और मुस्कराते हुए ओष्ठाधरों पर सुललित सौकमार्य झलक रहा था। वस्त्र के नाम पर उसके पास एक मैली धोती थी। उघरी हुई देह में किसी प्रकार का बाहुल्य न था, मानो किसी शिल्पी ने बड़े यत्न से निर्दोष, सुडौल रूप में गढ़ा हो। मानो वह पूर्वजन्म में तापस-बालक रहा हो और निर्मल तपस्या के प्रभाव से उसकी देह का बहुत-सा अतिरिक्त भाग क्षय होकर एक साम्मर्जित ब्राह्मण्य-श्री परिस्फुट हो उठी हो।

मतिलाल बाबू ने बड़े स्नेह से उससे कहा, ''बेटा, स्नान कर आओ, भोजनादि यहीं होगा।''

तारापद बोला, ''ठहरिए!'' और वह तत्क्षण निस्संकोच भोजन के आयोजन में सहयोग देने लगा। मतिलाल बाबू का नौकर गैर-बंगाली था, मछली आदि काटने में वह इतना निपुण नहीं था; तारापद ने उसका काम स्वयं लेकर थोड़े ही समय में अच्छी तरह से संपन्न कर दिया और जो-एक तरकारी भी बड़ी थोड़े ही समय में अच्छी तरह से संपन्न कर दिया और दो-एक तरकारी भी बड़ी कुशलता से तैयार कर दी। भोजन बनाने का कार्य समाप्त होने पर तारापद

ने नदी में स्नान करके पोटली खोली और एक सफेद वस्त्र धारण कियाय काठ की एक छोटी-सी कंघी लेकर सिर के बड़े-बड़े बाल माथे पर से हटाकर गर्दन पर डाल लिए और स्वच्छ जनेऊ का धागा छाती पर लटकाकर नौका पर बैठे मति बाबू के पास जा पहुँचा।

मति बाबू उसे नौका के भीतर ले गए। वहाँ मति बाबू की स्त्री और उनकी नौ वर्षीया कन्या बैठी थी। मति बाबू की स्त्री अन्नपूर्णा इस सुंदर बालक को देखकर स्नेह से उच्छवसित हो उठीं, मन-ही-मन कह उठीं, 'अहा! किसका बच्चा है, कहाँ से आया है? इसकी माँ इसे छोड़कर किस प्रकार जीती होगी?''

यथासमय मति बाबू और इस लड़के के लिए पास-पास दो आसन डाले गए। लड़का ऐसा भोजन-प्रेमी न था, अन्नपूर्णा ने उसका अल्प आहार देखकर मन में सोचा कि लजा रहा है; उससे यह-वह खाने को बहुत अनुरोध करने लगीं; किंतु जब वह भोजन से निवृत्त हो गया तो उसने कोई भी अनुरोध न माना। देखा गया, लड़का हर काम अपनी इच्छा के अनुसार करता, लेकिन ऐसे सहज भाव से करता कि उसमें किसी भी प्रकार की जिद या हठ का आभास न मिलता। उसके व्यवहार में लज्जा के लक्षण लेशमात्र भी दिखाई नहीं पड़े।

सबके भोजनादि के बाद अन्नपूर्णा उसको पास बिठाकर प्रश्नों द्वारा उसका इतिहास जानने में प्रवृत्त हुई। कुछ भी विस्तृत विवरण संग्रह नहीं हो सका। बस इतनी-सी बात जानी जा सकी कि लड़का सात-आठ बरस की उम्र में ही स्वेच्छा से घर छोड़कर भाग आया है।

अन्नपूर्णा ने प्रश्न किया, ''तुम्हारी माँ नहीं है?''

तारापद ने कहा, ''हैं।''

अन्नपूर्णा ने पूछा, ''वे तुम्हें प्यार नहीं करतीं?''

इसे अत्यंत विचित्र प्रश्न समझकर हँसते हुए तारापद ने कहा, ''प्यार क्यों नहीं करेंगी!''

अन्नपूर्णा ने प्रश्न किया, ''तो फिर तुम उन्हें छोड़कर क्यों आए?''

तारापद बोला, ''उनके और भी चार लड़के और तीन लड़कियाँ हैं।''

बालक के इस विचित्र उत्तर से व्यथित होकर अन्नपूर्णा ने कहा, ''ओ माँ, यह कैसी बात है! पाँच अँगुलियाँ हैं, तो क्या एक अँगुली त्यागी जा सकती है?''

तारापद की उम्र कम थी, उसका इतिहास भी उसी अनुपात में संक्षिप्त था; किंतु लड़का बिलकुल असाधारण था। वह अपने माता-पिता का चौथा पुत्र था, शैशव में ही पितृहीन हो गया था। बहु-संतान वाले घर में भी तारापद सबको अत्यंत प्यारा था। माँ, भाई-बहन और मुहल्ले के सभी लोगों से वह अजस्त्र स्नेह-लाभ करता। यहाँ तक कि गुरुजी भी उसे नहीं मारते थे-मारते तो भी बालक के अपने-पराए सभी उससे वेदना का अनुभव करते। ऐसी अवस्था में उसका घर छोड़ने का कोई कारण नहीं था। जो उपेक्षित रोगी लड़का हमेशा चोरी करके पेड़ों से फल और गृहस्थों से उसका चौगुना प्रतिफल पाता घूमता-फिरता वह भी अपनी परिचित ग्राम-सीमा के भीतर अपनी कष्ट देने वाली माँ के पास पड़ा रहा और समस्त ग्राम का दुलारा यह लड़का एक बाहरी जात्रा-दल में शामिल होकर निर्ममता से ग्राम छोड़कर भाग खड़ा हुआ।

सब लोग उसका पता लगाकर उसे गाँव लौटा लाए। उसकी माँ ने उसे छाती से लगाकर आँसुओं से आर्द्र कर दिया। उसकी बहनें रोने लगीं। उसके बड़े भाई ने पुरुष-अभिभावक का कठिन कर्तव्य-पालन करने के उद्देश्य से उस पर मृदुभाव से शासन करने का यत्न करके अंत में अनुतप्त चित्त से खूब प्रश्रय और पुरस्कार दिया। मुहल्ले की लड़कियों ने उसको घर-घर बुलाकर खूब प्यार किया और नाना प्रलोभनों से उसे वश में करने की चेष्टा की। किंतु बंधन, यही नहीं, स्नेह का बंधन भी उसे सहन नहीं हुआ, उसके जन्म-नक्षत्र ने उसे गृहहीन कर रखा था। वह जब भी देखता कि नदी में कोई विदेशी नौका अपनी रस्सी घिसटाती जा रही है, गाँव के विशाल पीपल के वृक्ष के तले किसी दूर देश के किसी संन्यासी ने आश्रय लिया है अथवा बनजारे नदी के किनारे ढालू मैदान में छोटी-छोटी चटाइयाँ बाँधकर खपच्चियाँ छीलकर टोकरियाँ बनाने में लगे हैं, तब अज्ञात बाह्य पृथ्वी को स्नेहहीन स्वाधीनता के लिए उसका मन बेचौन हो उठता। लगातार दो-तीन बार भागने के बाद उसके कुटुंबियों और गाँव के लोगों ने उसकी आशा छोड़ दी।

पहले उसने एक जात्रा-दल का साथ पकड़ा। जब अधिकारी उसको पुत्र के समान स्नेह करने लगे और जब वह दल के छोटे-बड़े सभी का प्रिय पात्र हो गया, यही नहीं, जिस घर में जात्रा होती उस घर के मालिक, विशेषकर घर का महिला वर्ग जब विशेष रूप से उसे बुलाकर उसका आदर-मान करने

लगा, तब एक दिन किसी से बिना कुछ कहे वह भटककर कहाँ चला गया, इसका फिर कोई पता न चल सका।

तारापद हरिण के छौने के समान बंधनभीरु था और हरिण के ही समान संगीत-प्रेमी भी। जात्रा के संगीत ने ही उसे पहले घर से विरक्त किया था। संगीत का स्वर उसकी समस्त धमनियों में कंपन पैदा कर देता और संगीत की ताल पर उसके सर्वांग में आंदोलन उपस्थित हो जाता। जब वह बिलकुल बच्चा था तब भी वह संगीत-सभाओं में जिस प्रकार संयत-गंभीर प्रौढ़ भाव से आत्मविस्मृत होकर बैठा-बैठा झूमने लगता। उसे देखकर प्रवीण लोगों के लिए हँसी संवरण करना कठिन हो जाता। केवल संगीत ही क्यों, वृक्षों के घने पत्तों के ऊपर जब श्रावण की वृष्टि-धारा पड़ती, आकाश में मेघ गरजते, पवन अरण्य में मातृहीन दैत्य-शिशु की भाँति क्रंदन करता रहता तब उसका चित्त मानो उच्छृंखल हो उठता निस्तब्ध दोपहरी में, आकाश से बड़ी दूर से आती चील की पुकार, वर्षा ऋतु की संध्या में मेढ़कों का कलरव, गहन रात में श्रृगालों की चीत्कार-ध्वनि-सभी उसको अधीर कर देते। संगीत के इस मोह से आकृष्ट होकर वह शीघ्र ही एक पांचाली जल (लोकगीत गायकों का दल) में भर्ती हो गया। मंडली का अध्यक्ष उसे बड़े यत्न से गाना सिखाने और पांचाली कंठस्थ कराने में प्रवृत्त हुआ और उसे अपने वृक्ष-पिंजर के पक्षी की भाँति प्रिय समझकर स्नेह करने लगा। पक्षी ने थोड़ा-बहुत गाना सीखा और एक दिन तड़के उड़कर चला गया।

अंतिम बार वह कलाबाजी दिखाने वालों के दल में शामिल हुआ। ज्येष्ठ के अंतिम दिनों से लेकर आषाढ़ के समाप्त होने तक इस अंचल में जगह-जगह क्रमानुसार समवेत रूप से अनुष्ठित मेले लगते। उनके उपलक्ष्य में जात्रा वालों के दो-तीन दल पांचाली गायक, कवि नर्तकियाँ एवं अनेक प्रकार की दुकानें छोटी-छोटी नदियों, नदियों, उपनदियों के रास्ते नौकाओं द्वारा एक मेले के समाप्त होने पर दूसरे मेले में घूमती रहतीं। पिछले वर्ष से कलकत्ता की एक छोटी कलाबाज-मंडली इस पर्यटनशील मेले के मनोरंजन में योग दे रही थी। तारापद ने पहले तो नौकारूढ़ दुकानदारों के साथ मिलकर पान की गिलौरियाँ बेचने का भार लिया, बाद में अपने स्वाभाविक कौतूहल के कारण इस कारण कलाबाज-दल के अद्भुत व्यायाम-नैपुण्य से आकृष्ट होकर उसमें प्रवेश किया। तारापद ने अपने आप अभ्यास करके अच्छी तरह वंशी बजाना सीख

लिया था-करतब दिखाने के समय वह द्रुत ताल पर लखनवी ठुमरी के सुर में वंशी बजाता-यही उसका एकमात्र काम था।

उसका आखिरी पलायन इसी दल से हुआ था। उसने सुना था कि नंदीग्राम के जमींदार बाबू बड़ी धूमधाम से एक शौकिया जात्रा-दल बना रहे हैं-अत: वह अपनी छोटी सी पोटली लेकर नंदीग्राम की यात्रा की तैयारी कर रहा था, इसी समय उसकी भेंट मति बाबू से हो गई।

एक के बाद एक नाना दलों में शामिल होकर भी तारापद ने अपनी स्वाभाविक कल्पना-प्रवण प्रकृति के कारण किसी भी दल की विशेषता प्राप्त नहीं की थी। वह अंत:करण से बिलकुल निर्लिप्त और मुक्त था। संसार में उसने हमेशा से कई बेहूदी बातें सुनीं और अनेक अशोभन दृश्य देखे, किंतु उन्हें उसके मन में संचित होने का रत्ती-भर अवकाश न मिला। उस लड़के का ध्यान किसी ओर था ही नहीं। अन्यान्य बंधनों की भाँति किसी प्रकार का अभ्यास-बंधन भी उसके मन को बाध्य न कर सका। वह उस संसार में पंकिल जल के ऊपर शुभपक्ष राजहंस की भाँति तैरता फिरता। कौतूहलवश भी वह जितनी बार डुबकी लगाता, उसके पंख न तो भीग पाते थे, न मलिन हो पाते थे। इसी कारण इस गृह-त्यागी लड़के के मुख पर एक शुभ स्वाभाविक तारुण्य अम्लान भाव से झलकता रहता। उसकी यही मुखश्री देखकर प्रवीण, दुनियादार मतिलाल बाबू ने बिना कुछ पूछे, बिना संदेह किए बड़े प्यार से उसका आह्वान किया था।

2

भोजन समाप्त होने पर नौका चल पड़ी। अन्नपूर्णा बड़े स्नेह से ब्राह्मण-बालक से उसके घर की बातें, उसके स्वजन-कुटुंबियों का समाचार पूछने लगीं। तारापद ने अत्यंत संक्षेप में उनका उत्तर देकर बाहर आकर परित्राण पाया। बाहर परिपूर्णता की अंतिम सीमा तक भरकर वर्षा नदीं ने अपने आत्म-विस्मृत उद्दाम चांचल्य से प्रकृति-माता को मानो उद्विग्न कर दिया था। मेघ-मुक्त धूप में नदी किनारे की अर्धनिमग्न काशतृण-श्रेणी एवं उसके ऊपर सरस सघन ईख के खेत और उससे भी परवर्ती प्रदेश में दूर-दिगंत चुंबित नीलांजन-वर्ग वनरेखा, सभी-कुछ मानो किसी काल्पनिक कथा की सोने की छड़ी।

(प्रसिद्ध लोककथा है कि एक राजकुमार ने सोने की छड़ी छुआकर सोई हुई राजकुमारी को जगा दिया था, चाँदी की छड़ी छुआने से वह सो जाती

थी। सोने की छड़ी प्रेम जाग्रत् अवस्था का प्रतीक है।) के स्पर्श से सद्यःजाग्रत् नवीन सौंदर्य की भाँति नीरव नीलाकाश की मुग्ध दृष्टि के सम्मुख परिस्फुटित हो उठा हो; सभी कुछ मानो सजीव स्पंदित, प्रगल्भ प्रकाश में उद्भासित, नवीनता से मसृण और प्राचुर्य से परिपूर्ण हो।

तारापद ने नौका की छत पर पाल की छाया में जाकर आश्रय लिया। ढालू हरा मैदान, पानी से भरे पाट के खेत, गहन श्याम लहराते हुए आमन

(हेमंतकालीन धान।) धान, घाट से गाँव की ओर जाने वाले सँकरे रास्ते, सघन वन-वेष्टित छायामय गाँव-एक के बाद एक उसकी आँखों के सामने से निकलने लगे। जल, स्थल, आकाश, चारों ओर की यह गतिशीलता, सजीवता, मुखरता, आकाश-पृथ्वी की यह व्यापकता और वैचित्र्य एवं निर्लिप्त सुदूरता, यह अत्यंत विस्तृत, चिरस्थायी, निर्निमेष, नीरव, वाक्य-विहीन विश्व तरुण बालक के परमात्मीय थे; पर फिर भी वह इस चंचल मानव को क्षण-भर के लिए भी स्नेह-बाहुओं में बाँध रखने की कोशिश नहीं करता था। नदी के किनारे बछड़े पूँछ उठाए दौड़ रहे थे, गाँव का टट्टू-घोड़ा रस्सी से बँधे अपने अगले पैरों के बल कूदता हुआ घास चरता फिर रहा था, मछरंग पक्षी मछुआरों के जाल बाँधने के बाँस के डंडे से बड़े वेग से पानी में झप से कूदकर मछली पकड़ रहा था, लड़के पानी में खेल रहे थे, लड़कियाँ उच्च स्वर से हँसती हुई बातें करती हुई छाती तक गहरे पानी में अपना वस्त्रांचल फैलाकर दोनों हाथों से उसे धो रही थीं, आँचल कमर में खोंसे मछुआरिनें डलिया लेकर मछुआरों से मछली खरीद रही थीं, इस सबको वह चिरनूतन अश्रांत कौतूहल से बैठा देखता था। उसकी दृष्टि की पिपासा किसी भी तरह निवृत्त नहीं होती थी।

नौका की छत पर जाकर तारापद ने धीरे-धीरे खिबैया-माँझियों से बातचीत छेड़ दी। बीच-बीच में आवश्यकतानुसार वह मल्लाहों के हाथ से लग्गी लेकर खुद ही ठेलने लग जाता; माँझियों को जब तमाखू पीने की जरूरत पड़ती तब वह स्वयं जाकर हाल सँभाल लेता। जब जिधर हाल मोड़ना आवश्यक होता, वह दक्षतापूर्वक संपन्न कर देता।

संध्या होने के कुछ पूर्व अन्नपूर्णा ने तारापद को बुलाकर पूछा, ''रात में तुम क्या खाते हो''

तारापद बोला, ''जो मिल जाता है वही खा लेता हूँ; रोज खाता भी नहीं।''

इस सुंदर ब्राह्मण-बालक की आतिथ्य-ग्रहण करने की उदासीनता अन्नपूर्णा को थोड़ी कष्टकर प्रतीत हुई। उनकी बड़ी इच्छा थी कि खिला-पिलाकर, पहना-ओढ़ाकर इस गृह-च्युत यात्री बालक को संतुष्ट करें। किंतु किससे वह संतुष्ट होगा, यह वे नहीं जान सकीं। नौकरों को बुलाकर गाँव से दूध-मिठाई आदि खरीद मँगाने में अन्नपूर्णा ने धूमधाम मचा दी। तारापद ने पेट-भर भोजन तो किया, किंतु दूध नहीं पिया। मौन स्वभाव मतिलाल बाबू तक ने उससे दूध पीने का अनुरोध किया।

उसने संक्षेप में कहा, ''मुझे अच्छा नहीं लगता।''

नदी पर दो-तीन दिन बीत गए। तारापद ने भोजन बनाने, सौदा खरीदने से लेकर नौका चलाने तक सब कामों में स्वेच्छा और तप्परता से योग दिया। जो भी दृश्य उसकी आँखों के सामने आता, उसी ओर तारापद की कौतूहलपूर्ण दृष्टि दौड़ जातीय जो भी काम उसके हाथ लग जाता, उसी की ओर वह अपने आप आकर्षित हो जाता। उसकी दृष्टि, उसके हाथ, उसका मन सर्वदा ही गतिशील बने रहते, इसी कारण वह इस नित्य चलायमान प्रकृति के समान सर्वदा निश्चिंत, उदासीन रहता; किंतु सर्वदा क्रियासक्त भी। यों तो हर मनुष्य की अपनी एक स्वतंत्र अधिष्ठान भूमि होती है, किंतु तारापद इस अनंत नीलांबरवाही विश्व-प्रवाह की एक आनंदोज्ज्वल तरंग था-भूत-भविष्यत् के साथ उसका कोई संबंध न था। आगे बढ़ते जाना ही उसका एकमात्र काम था।

इधर बहुत दिन तक नाना संप्रदायों के साथ योग देने के कारण अनेक प्रकार की मनोरंजनी विद्याओं पर उसका अधिकार हो गया था। किसी भी प्रकार की चिंता से आच्छन्न न रहने के कारण उसके निर्मल स्मृति-पट पर सारी बातें अद्भुत सहज ढंग से अंकित हो जातीं। पांचाली कथकता, कीर्तन-गान, जात्राभिनय के लंबे अवतरण उसे कंठस्थ थे। मतिलाल बाबू अपनी नित्य-प्रति की प्रथा के अनुसार एक दिन संध्या समय अपनी पत्नी और कन्या को रामायण पढ़कर सुना रहे थे, लव-कुश की कथा की भूमिका चल रही थी, तभी तारापद अपना उत्साह संवरण न कर पाने के कारण नौका की छत से उतर आया और बोला, ''किताब रहने दें। मैं लव-कुश का गीत सुनाता हूँ, आप सुनते चलिए!''

यह कहकर उसने लव-कुश की पांचाली शुरू कर दी। बाँसुरी के समान सुमिष्ट उन्मुक्त स्वर पर आकर झुके पड़ रहे थे। उस नदी-नीर के संध्याकाश

में हास्य, करुणा एवं संगीत का एक अपूर्व रस-स्रोत प्रवाहित होने लगा। दोनों निस्तब्ध किनारे कौतूहलपूर्ण हो उठे, पास से जो सारी नौकाएँ गुजर रही थीं उनमें बैठे लोग क्षण-भर के लिए उत्कंठित होकर उसी ओर कान लगाए रहे। जब गीत समाप्त हो गया तो सभी ने व्यथित चित्त से लंबी साँस लेकर सोचा, इतनी जल्दी यह क्यों समाप्त हो गया?

सजल नयना अन्नपूर्णा की इच्छा हुई कि उस लड़के को गोद में बिठाकर छाती से लगाकर उसका माथा चूँम ले। मतिलाल बाबू सोचने लगे, यदि इस लड़के को किसी प्रकार अपने पास रख सकूँ तो पुत्र का अभाव पूरा हो जाए। केवल छोटी बालिका चारुशशि का अंत:करण ईर्ष्या और विद्वेष से परिपूर्ण हो उठा।

3

चारुशशि अपने माता-पिता की इकलौती संतान और उनके स्नेह की एकमात्र अधिकारिणी थी। उसकी धुन और हठ की कोई सीमा न थी। खाने, पहनने, बाल बनाने के संबंध में उसका स्वतंत्र मत था; किंतु उसके मन में तनिक भी स्थिरता नहीं थी। जिस दिन कहीं निमंत्रण होता उस दिन उसकी माँ को भय रहता कि कहीं लड़की साज-सिंगार को लेकर कोई असंभव जिद न कर बैठे। यदि दैवात् कभी केश-बंधन उसके मन के अनुकूल न हुआ तो फिर उस दिन चाहे जितनी बार बाल खोलकर चाहे जितने प्रकार से बाँधे जाते, वह किसी तरह संतुष्ट न होती। और अंत में रोना-धोना मच जाता। हर बात में यही दशा थी। पर कभी-कभी जब चित्त प्रसन्न रहता तो उसे किसी भी प्रकार की कोई आपत्ति न होती। उस समय वह प्रचुर मात्रा में स्नेह प्रकट करके अपनी माँ से लिपटकर चूमकर हँसती हुई करते-करते उसे एकदम परेशान कर डालती। यह छोटी बालिका एक दुर्भेद्य पहेली थी।

यह बालिका अपने दुर्बोध्य हृदय के पूरे वेग का प्रयोग करके मन-ही-मन विषम ईर्ष्या से तारापद का निरादर करने लगी। माता-पिता को भी पूरी तरह से उद्विग्न कर डाला। भोजन के समय रोदनोन्मुखी होकर भोजन के पात्र को ठेलकर फेंक देती, खाना उसको रुचिकर नहीं लगता; नौकरानी को मारती, सभी बातों में अकारण शिकायत करती रहती। जैसे-जैसे तारापद की विद्याएँ उसका एवं अन्य सबका मनोरंजन करने लगीं, वैसे-ही-वैसे मानो उसका

क्रोध बढ़ने लगा। तारापद में कोई गुण है, इसे उसका मन स्वीकार करने से विमुख रहता और उसका प्रमाण जब प्रबल होने लगा तो उसके असंतोष की मात्रा भी बढ़ गई। तारापद ने जिस दिन लव-कुश का गीत सुनाया उस दिन अन्नपूर्णा ने सोचा, संगीत से वन के पशु तक वश में आ जाते हैं, आज शायद मेरी लड़की का मन पिघल गया है। उससे पूछा, ''चारु, कैसा लगा?''

उसने कोई उत्तर दिए बिना बड़े जोर से सिर हिला दिया। भाषा में इस मुद्रा का तरजुमा करने पर यह रूप होता–जरा भी अच्छा नहीं लगा, और न कभी अच्छा लगेगा।

चारु के मन में ईर्ष्या का उदय हुआ है, यह समझकर उसकी माँ ने चारु के सामने तारापद के प्रति स्नेह प्रकट करना कम कर दिया। संध्या के बाद जब चारु जल्दी-जल्दी खाकर सो जाती तब अन्नपूर्णा नौका-कक्ष के दरवाजे के पास आकर बैठतीं और मति बाबू और तारापद बाहर बैठते। अन्नपूर्णा के अनुरोध पर तारापद गाना शुरू करता। उसके गाने से जब नदी के किनारे की विश्रामनिरता ग्राम-श्री संध्या के विपुल अंधकार में मुग्ध निस्तब्ध हो जाती और अन्नपूर्णा का कोमल हृदय स्नेह और सौंदर्य-रस से छलकने लग जाता तब सहसा चारु बिछौने से उठकर तेजी से आकर सरोष रोती हुई कहती, ''माँ, तुमने यह क्या शोर मचा रखा है! मुझे नींद नहीं आती।'' माता-पिता उसको अकेला सुलाकर तारापद को घेरकर संगीत का आनंद ले रहे हैं, यह उसे एकदम असह्य हो उठता। इस दीप्त कृष्णनयना बालिका की स्वाभाविक उग्रता तारापद को बड़ी मनोरंजक प्रतीत होती। उसने इसे कहानी सुनाकर, गाना गाकर, वंशी बजाकर वश में करने की बहुत चेष्टा की; किंतु किसी भी प्रकार सफल नहीं हुआ। केवल जब मध्याह्न में तारापद नदी में स्नान करने उतरता, परिपूर्ण जलराशि में अपनी गौरवर्ण सरल कमनीय देह को तैरने की अनेक प्रकार की क्रीड़ाओं में संचालित करता, तरुण जल-देवता के समान शोभा पाता, तब बालिका का कौतूबल आकर्षित हुए बिना न रहता। वह इसी समय की प्रतीक्षा करती रहती; किंतु आंतरिक इच्छा का किसी को भी पता न चलने देती, और यह अशिक्षापटु, अभिनेत्री ध्यानपूर्वक ऊनी गुलूबंद बुनने का अभ्यास करती हुई बीच-बीच में मानो अत्यंत उपेक्षा-भरी दृष्टि से तारापद की संतरण-लीला देखा करती।

4

नंदीग्राम कब छूट गया, तारापद को पता न चला। विशाल नौका अत्यंत मृदु-मंद गति से कभी पाल तानकर, कभी रस्सी खींचकर अनेक नदियों की शाखा-प्रशाखाओं में होकर चलने लगी; नौकारोहियों के दिन भी इन सब नदी-उपनदियों के समान, शांति-सौंदर्यपूर्ण वैचित्र्य के बीच सहज सौम्य गति से मृदुमिष्ट कल-स्वर में प्रवाहित होने लगे। किसी को किसी प्रकार की जल्दी नहीं थी; दोपहर को स्नानाहार में बहुत समय व्यतीत होती; और इधर संध्या होते न होते बड़े दिखने वाले किसी गाँव के किनारे, घाट के समीप, झिल्लीमंद्रित खद्योतखचित वन के पास नौका बाँध दी जाती।

इस प्रकार दसेक दिन में नौका काँठालिया पहुँची। जमींदार के आगमन से घर से पालकी और टट्टू-घोड़ों का समागम हुआ, और हाथ में बाँस की लाठी धारण किए सिपाही-चौकीदारों के दल ने बार-बार बंदूक की खाली आवाज से गाँव के उत्कंठित काक समाज को 'यत्परोनास्ति' मुखर कर दिया।

इस सारे समारोह में समय लगा, इस बीच में तारापद ने तेजी से नौका से उतरकर एक बार सारे गाँव का चक्कर लगा डाला। किसी को दादा, किसी को काका, किसी को दीदी, किसी को मौसी कहकर दो-तीन घंटे में सारे गाँव के साथ सौहार्द बंधन स्थापित कर लिया। कहीं भी उसके लिए स्वभावत: कोई बंधन नहीं था, इससे तारापद ने देखते-देखते थोड़े दिनों में ही गाँव के समस्त हृदयों पर अधिकार कर लिया।

इतनी आसानी से हृदय-हरण करने का कारण यह था कि तारापद हरेक के साथ उसका अपना बनकर स्वाभाविक रूप से योग दे सकता था। वह किसी भी प्रकार के विशेष संस्कारों के द्वारा बँधा हुआ नहीं था, अतएव सभी अवस्थाओं में और सभी कामों में उसमें एक प्रकार की सहज प्रवीणता थी। बालकों के लिए वह बिलकुल स्वाभाविक बालक था और उनसे श्रेष्ठ और स्वतंत्र, वृद्धों के लिए वह बालक न रहता, किंतु पुरखा भी नहीं; चरवाहों के साथ चरवाहा था, फिर भी ब्राह्मण। हरेक के हर काम में वह चिरकाल के सहयोगी के समान अभ्यस्त भाव से हस्तक्षेप करता। हलवाई की दुकान पर बैठकर साल के पत्ते से संदेश पर बैठी मक्खियाँ उड़ाने लग जाता। मिठाइयाँ बनाने में भी पक्का था, करघे का मर्म भी उसे थोड़ा-बहुत मालूम था, कुम्हार का चाक चलाना भी उसके लिए बिलकुल नया नहीं था।

तारापद ने सारे गाँव को वश में कर लिया, बस केवल ग्रामवासिनी बालिका की ईर्ष्या वह अभी तक नहीं जीत पाया था। यह बालिका उग्रभाव से उसके बहुत दूर निर्वासन की कामना करती थी, यही जानकर शायद तारापद इस गाँव में इतने दिन आबद्ध बना रहा।

किंतु बालिकावस्था में भी नारी के अंतर रहस्य का भेद जानना बहुत कठिन है, चारुशशि ने इसका प्रमाण दिया।

ब्राह्मण पुरोहिताइन की कन्या सोनामणि पाँच वर्ष की अवस्था में विधवा हो गई थी; वह चारु की समवयस्का सहेली थी। अस्वस्थ होने के कारण वह घर लौटी सहेली से कुछ दिनों तक भेंट न कर सकी। स्वस्थ होकर जिस दिन भेंट करने आई उस दिन प्राय: अकारण ही दोनों सहेलियों में कुछ मनोमालिन्य की नौबत आ गई।

चारु ने अत्यंत विस्तार से बात आरंभ की थी। उसने सोचा था कि तारापद नामक अपने नवार्जित परम रत्न को जुटाने की बात का विस्तारपूर्वक वर्णन करके वह अपनी सहेली के कौतूहल एवं विस्मय को सप्तम पर चढ़ा देगी। किंतु, जब उसने सुना कि तारापद सोनामणि उसको 'भाई' कहकर पुकारती है, जब उसने सुना कि तारापद ने केवल बाँसुरी पर कीर्तन का सुर बजाकर माता और पुत्री का मनोरंजन ही नहीं किया है, सोनामणि के अनुरोध से उसके लिए अपने हाथों से बाँस की एक बाँसुरी भी बना दी है, न जाने कितने दिनों से वह उसे ऊँची डाल से फल और कंटक-शाखा से फूल तोड़कर देता रहा है तब चारु के अंत:करण को मानो तप्तशूल बेधने लगा। चारु समझती थी कि तारापद विशेष रूप से उन्हीं का तारापद था-अत्यंत गुप्त रूप में संरक्षणीय; अन्य साध रणजन केवल उसका थोड़ा-बहुत आभास-मात्र पाएँगे, फिर भी किसी भी तरह उसका सामीप्य न पा सकेंगे, दूर से ही उसके रूप-गुण पर मुग्ध होंगे और चारुशशि को धन्यवाद देते रहेंगे। यही अद्भुत दुर्लभ, दैवलब्ध ब्राह्मण-बालक सोनामणि के लिए सहजहम्य क्यों हुआ? हम यदि उसे इतना यत्न करके न लाते, इतने यत्न से न रखते तो सोनामणि आदि उसका दर्शन कहाँ से पातीं? सोनामणि का 'भैया' शब्द सुनते ही उसके शरीर में आग लग गई।

चारु जिस तारापद को मन ही मन विद्वेष-बाणों से जर्जर करने की चेष्टा करती रही है, उसी के एकाधिकार को लेकर इतना प्रबल उद्वेग क्यों?-किसकी सामर्थ्य है जो यह समझे!

उसी दिन किसी अन्य तुच्छ बात के सहारे सोनामणि के साथ चारु की गहरी कुट्टी हो गई। और वह तारापद के कमरे में जाकर उसकी प्रिय वंशी लेकर उस पर कूद-कूदकर उसे कुचलती हुई निर्दयतापूर्वक तोड़ने लगी।

चारु जब प्रचंड रोष में इस वंशी-ध्वंस कार्य में व्यस्त थी तभी तारापद ने कमरे में प्रवेश किया। बालिका की यह प्रलय-मूर्ति देखकर उसे आश्चर्य हुआ। बोला, ''चारु, मेरी वंशी क्यों तोड़ रही हो?''

चारु रक्त नेत्रों और लाल मुख से ''ठीक कर रही हूँ, अच्छा कर रही हूँ'' कहकर टूटी हुई वंशी को और दो-चार अनावश्यक लातें मारकर उच्छ्वसित कंठ से रोती हुई कमरे से बाहर चली गई। तारापद ने वंशी उठाकर उलट-पलटकर देखी, उसमें अब कोई दम नहीं था। अकारण ही अपनी पुरानी वंशी की यह आकस्मिक दुर्गति देखकर वह अपनी हँसी न रोक सका। चारुशशि दिनोंदिन उसके परम कौतूहल का विषय बनती जा रही थी।

उसके कौतूहल का एक और क्षेत्र था, मतिलाल बाबू की लाइब्रेरी में तस्वीरों वाली अंग्रेजी की किताबें। बाहरी जगत् से उसका यथेष्ट परिचय हो गया था, किंतु तस्वीरों के इस जगत् में वह किसी प्रकार भी अच्छी तरह प्रवेश नहीं कर पाता था। कल्पना द्वारा वह अपने मन में बहुत कुछ जमा लेता, किंतु उससे उसका मन किसी प्रकार तृप्त न होता।

तस्वीरों की पुस्तकों के प्रति तारापद का यह आग्रह देखकर एक दिन मतिलाल बाबू बोले, ''अंग्रेजी सीखोगे? तब तुम इन सारी तस्वीरों का अर्थ समझ लोगे!''

तारापद ने तुरंत कहा, ''सीखूँगा।''

मति बाबू बड़े खुश हुए। उन्होंने गाँव के एंट्रेंस स्कूल के हेडमास्टर रामरतन बाबू की प्रतिदिन संध्या-समय इस लड़के को अंग्रेजी पढ़ाने के लिए नियुक्त कर दिया।

5

तारापद अपनी प्रखर स्मरण-शक्ति एवं अखंड मनोयोग के साथ अंग्रेजी शिक्षा में प्रवृत्त हुआ। मानो वह किसी नवीन दुर्गम राज्य में भ्रमण करने निकला हो, उसने पुराने जगत् के साथ कोई संपर्क न रखा; मुहल्ले के लोग अब उसे न देख पाते; जब वह संध्या के पहले निर्जन नदी-तट पर तेजी से टहलते-पाठ

कंठस्थ करता, तब उसका उपासक बालक-संप्रदाय दूर से खिन्नचित्त होकर संभ्रमपूर्णक उसका निरीक्षण करता, उसके पाठ में बाधा डालने का साहस न कर पाता।

चारु भी आजकल उसे बहुत नहीं देख पाती थी। पहले तारापद अंत:पुर में जाकर अन्नपूर्णा की स्नेह-दृष्टि के सामने बैठकर भोजन करता था-किंतु इसके कारण कभी-कभी देर हो जाती थी। इसीलिए उसने मति बाबू से अनुरोध करके अपने भोजन की व्यवस्था बाहर ही करा ली थी। अन्नपूर्णा ने व्यथित होकर इस पर आपत्ति प्रकट की थी, किंतु अध्ययन के प्रति बालक का उत्साह देखकर अत्यंत संतुष्ट होकर उन्होंने इस नई व्यवस्था का अनुमोदन कर दिया।

तभी सहसा चारु भी जिद कर बैठी, ''मैं भी अंग्रेजी सीखूँगी।'' उसके माता-पिता ने अपनी कन्या के इस प्रस्ताव को पहले तो परिहास का विषय समझकर स्नेह-मिश्रित हँसी उड़ाई-किंतु कन्या ने इस प्रस्ताव के परिहास्य अंश को प्रचुर अश्रु जलधारा से तुरंत पूर्ण रूप से धो डाला। अंत में इन स्नेह-दुर्बल निरुपाय अभिभावकों ने बालिका के प्रस्ताव को गंभीरता से स्वीकार कर लिया। तारापद के साथ-साथ चारु भी मास्टर से पढ़ने लग गई।

किंतु पढ़ना-लिखना इस अस्थिर चित्त बालिका के स्वभाव के विपरीत था। वह स्वयं तो कुछ न सीख पाई, बस तारापद की पढ़ाई में विघ्न डालने लगी। वह पिछड़ जाती, पाठ कंठस्थ न करती। किंतु फिर भी वह किसी प्रकार तारापद से पीछे रहना न चाहती। तारापद के उससे आगे निकलकर नया पाठ लेने पर वह बहुत रुष्ट होती, यहाँ तक कि रोने-धोने से भी बाज न आती थी। तारापद के पुरानी पुस्तक समाप्त कर नई पुस्तक खरीदने पर उसके लिए भी नई पुस्तक खरीदनी पड़ती। तारापद छुट्टी के समय स्वयं कमरे में बैठकर लिखता और पाठ कंठस्थ करता, यह उस ईर्ष्या-परायण बालिका से सहन न होता। वह छिपकर उसके लिखने की कॉपी में स्याही उड़ेल देती, कलम चुराकर रख देती, यहाँ तक कि किताब में जिसका अभ्यास करना होता उस अंश को फाड़ आती। तारापद बालिका की यह सारी धृष्टता आमोदपूर्वक सहता; असह्य होने पर मारता, किंतु किसी प्रकार भी उसका नियंत्रण नहीं कर सका।

दैवात् एक उपाय निकल आया। एक दिन बहुत खीझकर निरुपाय तारापद स्याही से रँगी अपनी लिखने की कॉपी फाड़-फेंककर गंभीर खिन्न मुद्रा में

बैठा था; दरवाजे के समीप खड़ी चारु ने सोचा, आज मार पड़ेगी। किंतु उसकी प्रत्याशा पूर्ण नहीं हुई। तारापद्र बिना कुछ कहे चुपचाप बैठा रहा। बालिका कमरे के भीतर-बाहर चक्कर काटने लगी। बारंबार उसके इतने समीप से निकलती कि तारापद चाहता तो अनायास ही उसकी पीठ पर थप्पड़ जमा सकता था। किंतु वह वैसा न करके गंभीर ही बना रहा। बालिका बड़ी मुश्किल में पड़ गई। किस प्रकार क्षमा-प्रार्थना करनी होती है, उस विद्या का उसने कभी अभ्यास न किया था, अतएव उसका अनुतप्त क्षुद्र हृदय अपने सहपाठी से क्षमा-याचना करने के लिए अत्यंत कातर हो उठा। अंत में कोई उपाय न देखकर फटी हुई लेख-पुस्तिका का टुकड़ा लेकर तारापद के पास बैठकर खूब बड़े-बड़े अक्षरों में लिखा, 'मैं फिर कभी किताब पर स्याही नहीं फैलाऊँगी।' लिखना समाप्त करके वह उस लेख की ओर तारापद का ध्यान आकर्षित करने के लिए अनेक प्रकार की चंचलता प्रदर्शित· करने लगी। यह देखकर तारापद हँसी न रोक सका-वह हँस पड़ा। इस पर बालिका लज्जा और क्रोध से अध ीर होकर कमरे में भाग गई। जिस कागज के टुकड़े पर उसने अपने हाथ से दीनता प्रकट की थी उसको अनंतकाल के लिए अनंत जगत से बिलकुल लोप कर पाती तो उसके हृदय का गहरा क्षोभ मिट सकता।

उधर संकुचित चित्त सोनामणि एक-दो-दिन अध्ययनशाला के बाहर घूम-फिरकर झाँककर चली गई। सहेली चारु शशि के साथ सब बातों में उसका विशेष बंधुत्व था, किंतु तारापद के संबंध में वह चारु को अत्यंत भय और संदेह से देखती। चारु जिस समय अंत:पुर में होती, उसी समय का पता लगाकर सोनामणि संकोच करती हुई तारापद के द्वार के पास आ खड़ी होती। तारापद किताब से मुँह उठाकर सस्नेह कहता, ''क्यों सोना! क्या समाचार है? मौसी कैसी है?''

सोनामणि कहती, ''बहुत दिन से आए नहीं, माँ ने तुमको एक बार चलने के लिए कहा है। कमर में दर्द होने के कारण वे तुम्हें देखने नहीं आ सकतीं।''

इसी बीच शायद सहसा चारु आ उपस्थित होती। सोनामणि घबरा जाती, वह मानो छिपकर अपनी सहेली की संपत्ति चुराने आई हो। चारु आवाज को सप्तम पर चढ़ाकर, भौंह चढ़ाकर, मुँह बनाकर कहती, ''ये सोना, तू पढ़ने के समय हल्ला मचाने आती है, मैं अभी जाकर पिताजी से कह दूँगी।'' मानो

वह स्वयं तारापद की एक प्रवीण अभिभाविका हो, उसके पढ़ने-लिखने में लेश-मात्र भी बाधा न पड़े और मानो दिन-रात बस इसी पर उसकी दृष्टि रहती हो। किंतु वह स्वयं किस अभिप्राय से असमय ही तारापद के पढ़ने के कमरे में आकर उपस्थित हुई थी, यह अंतर्यामी से छिपा नहीं था और तारापद भी उसे अच्छी तरह जानता था। किंतु बेचारी सोनामणि डरकर उसी क्षण हजारों झूठी कैफियतें देतीं; अंत में जब चारु घृणापूर्वक उसको 'मिथ्यावादिनी' कहकर संबोधित करती तो वह लज्जित-शंकित-पराजित होकर व्यथित चित्त से लौट जाती। दयार्द्र तारापद उसको बुलाकर कहता, ''सोना, आज संध्या समय मैं तेरे घर आऊँगा, अच्छा!''

चारु सर्पिणी के समान फुफकारती हुई उठकर कहती, ''हाँ, जाओगे! तुम्हें पाठ तैयार नहीं करना है? मैं मास्टर साहब से कह दूँगी!''

चारु की इस धमकी से न डरकर तारापद एक-दो दिन संध्या के समय पुरोहित जी के घर गया था। तीसरी या चौथी बार चारु ने कोरी धमकी न देकर धीरे-धीरे एक बार बाहर से तारापद के कमरे के दरवाजे की साँकल चढ़ाकर माँ के मसाले के बक्स का ताला लाकर लगा दिया। सारी संध्या तारापद को इसी बंदी अवस्था में रखकर भोजन के समय द्वार खोला। गुस्से के कारण तारापद कुछ बोला नहीं और बिना खाए चले जाने की तैयारी करने लगा। उस समय अनुतप्त व्याकुल बालिका हाथ जोड़कर विनयपूर्वक बारंबार कहने लगी, ''तुम्हारे पैरों पड़ती हूँ, फिर ऐसा नहीं करुँगी। तुम्हारे पैरों पड़ती हूँ, तुम खाकर जाना!'' उससे भी जब तारापद वश में न आया तो वह अधीर होकर रोने लगी; संकट में पड़कर तारापद लौटकर भोजन करने बैठ गया।

चारु ने कितनी बार अकेले में प्रतिज्ञा की कि वह तारापद के साथ सद्व्यवहार करेगी, फिर कभी उसे एक क्षण के लिए भी परेशान न करेगी, किंतु सोनामणि आदि अन्य पाँच जनों के बीच आ पड़ते ही न जाने कब, कैसे उसका मिजाज बिगड़ जाता और वह किसी भी प्रकार आत्म-नियंत्रण न कर पाती। कुछ दिन जब ऊपर-ऊपर से वह भलमनसाहत बरतती तब किसी आगामी उत्कट-विप्लव के लिए तारापद सतर्कतापूर्वक प्रस्तुत हो जाता। आक्रमण हठात् तूफान, तूफान के बाद प्रचुर अश्रुवारि वर्षा, उसके बाद प्रसन्न-स्निग्ध शांति।

6

इस तरह लगभग दो वर्ष बीत गए। इतने लंबे समय तक तारापद कभी किसी के पास बँधकर नहीं रहा। शायद पढ़ने-लिखने में उसका मन एक अपूर्व आकर्षण में बँध गया था; लगता है, वयोवृद्धि के साथ उसकी प्रकृति में भी परिवर्तन आरंभ हो गया था और स्थिर बैठे रहकर संसार के सुख-स्वच्छंदता का भोग करने की ओर उसका मन लग रहा था; कदाचित् उसकी सहपाठिनी बालिका का स्वाभाविक दौरात्म्य, चंचल सौंदर्य अलक्षित भाव से उसके हृदय पर बंधन फैला रहा था।

इधर चारु की अवस्था ग्यारह पार कर गई। मति बाबू ने खोजकर अपनी पुत्री के विवाह के लिए दो-तीन अच्छे रिश्ते जुटाए। कन्या की अवस्था विवाह के योग्य हुई जानकर मति बाबू ने उसका अंग्रेजी पढ़ना और बाहर निकलना बंद कर दिया।

इस आकस्मिक अवरोध पर घर के भीतर चारु ने भारी आंदोलन उपस्थित कर दिया।

तब अन्नपूर्णा ने एक दिन मति बाबू को बुलाकर कहा, ''पात्र के लिए तुम इतनी खोज क्यों करते फिर रहे हो? तारापद लड़का तो अच्छा है। और तुम्हारी लड़की भी उसको पसंद है।''

सुनकर मति बाबू ने बड़ा विस्मय प्रकट किया। कहा, ''भला यह कभी हो सकता है! तारापद का कुल-शील कुछ भी तो ज्ञात नहीं है। मैं अपनी इकलौती लड़की को किसी अच्छे घर में देना चाहता हूँ।''

एक दिन रायडाँगा के बाबुओं के घर से लोग लड़की देखने आए। वस्त्राभूषण पहनाकर चारु को बाहर लाने की चेष्टा की गई। वह सोने के कमरे का द्वार बंद करके बैठ गई-किसी प्रकार भी बाहर न निकली। मति बाबू ने कमरे के बाहर से बहुत अनुनय-विनय की, बहुत फटकारा, किसी प्रकार भी कोई परिणाम न निकला। अंत में बाहर आकर रायडाँगा के दूतों से बहाना बनाकर कहना पड़ा कि एकाएक कन्या बहुत बीमार हो गई है, आज दिखाई की रस्म नहीं हो सकेगी। उन्होंने सोचा लड़की में शायद कोई दोष है, इसी से इस चतुराई का सहारा लिया गया है।

तब मति बाबू विचार करने लगे, तारापद लड़का देखने-सुनने में सब तरह से अच्छा है; उसको मैं घर ही में रख सकूँगा, ऐसा होने से अपनी

एकमात्र लड़की को पराए घर नहीं भेजना पड़ेगा। यह भी सोचा कि उनकी अशांत-अबाध्य लड़की का दुरांतपना उनकी स्नेहपूर्ण आँखों को कितना ही क्षम्य प्रतीत हो, ससुराल वाले सहन नहीं करेंगे।

फिर पति-पत्नी ने सोच-विचारकर तारापद के घर उसके कुल का हाल-चाल जानने के लिए आदमी भेजा। समाचार आया कि वंश तो अच्छा है, किंतु दरिद्र है। तब मति बाबू ने लड़के की माँ एवं भाई के पास विवाह का प्रस्ताव भेजा। उन्होंने आनंद से उच्छ्वासित होकर सम्मति देने में मुहूर्त-भर की भी देर न की।

काँठालिया के मति बाबू और अन्नपूर्णा विवाह के मुहूर्त के बारे में विचार करने लगे, किंतु स्वाभाविक गोपनताप्रिय, सावधान मति बाबू ने बात को गोपनीय रखा।

चारु को बंद न रखा जा सका। वह बीच-बीच में बर्गी (प्राचीन मराठा अश्वारोही लुटेरों का सैन्य दल) के हंगामे के समान तारापद के पढ़ने के कमरे में जा पहुँचती। कभी रोष, कभी प्रेम, कभी विराग के द्वारा उसके अध्ययन-क्रम की निभृत शांति को अकस्मात् तरंगित कर देती। उससे आजकल इस निर्लिप्त मुक्त स्वभाव से ब्राह्मण के मन में बीच-बीच में कुछ समय के लिए विद्युत्स्पंदन के समान एक अपूर्व चांचल्य का संचार हो जाता। जिस व्यक्ति का हलका चित्त सर्वदा अक्षुण्ण अव्याहत भाव से काल-स्रोत की तरंग-शिखरी पर उतराकर सामने बह जाता वह आजकल प्राय: अन्यमनस्क होकर विचित्र दिवा-स्वप्न के जाल में उलझ जाता। वह प्राय: पढ़ना-लिखना छोड़कर मति बाबू की लाइब्रेरी में प्रवेश करके तस्वीरों वाली पुस्तकों के पन्ने पलटता रहता; उन तस्वीरों के मिश्रण से जिस कल्पना-लोक की रचना होती वह पहले की अपेक्षा बहुत स्वतंत्र और अधिक रंगीन था। चारु का विचित्र आचरण देखकर वह अब पहले के समान परिहास न कर पाता; ऊधम करने पर उसको मारने की बात मन में उदय भी न होती। अपने में यह गूढ़ परिवर्तन, यह आबद्ध-आसक्त भाव से अपने निकट एक नूतन स्वप्न के समान लगने लगा।

श्रावण में विवाह का शुभ दिन निश्चित करके मति बाबू ने तारापद की माँ और भाइयों को बुलावा भेजा। तारापद को यह नहीं बताया। कलकत्ता के फौजी बैंड को पेशगी देने के लिए मुख्तार को आदेश दिया और सामान की सूची भेद दी।

आकाश में वर्षा के नए बादल आ गए। गाँव की नदी इतने दिन तक सूखी पड़ी थी; बीच-बीच में केवल किसी-किसी गढ्डे में ही पानी भरा रहता था; छोटी-छोटी नौकाएँ उस पंकिल जल में डूबी पड़ी थीं और नदी की सूखी धार में बैलगाड़ियों के आवागमन से गहरी लीकें खुद गई थीं-ऐसे समय एक दिन पिता के घर से लौटी पार्वती के समान न जाने कहाँ से द्रुतगामिनी जलधारा कल-हास्य करती हुई गाँव के शून्य वक्ष पर उपस्थित हुई-नंगे बालक-बालिकाएँ किनारे आकर ऊँचे स्वर के साथ नृत्य करने लगे, मानो वे अतृप्त आनंद से बारंबार जल में कूद-कूदकर नदी को आलिंगन कर पकड़ने लगे हों, कुटी में निवास करने वाली अपनी परिचित प्रिय संगिनी को देखने के लिए बाहर निकल आई-शुष्क निर्जीव ग्राम में न जाने कहाँ से आकर एक प्रबल विपुल प्राण-हिल्लोल ने प्रवेश किया। देश-विदेश से छोटी-बड़ी लदी हुई नौकाएँ आने लगीं-बाजार का घाट संध्या समय विदेशी मल्लाहों के संगीत से ध्वनित हो उठा। दोनों किनारे के गाँव पूरे वर्ष अपने निभृत कोने में अपनी साधारण गृहस्थी लिए एकाकी दिन बिताते हैं, वर्षा के समय बाहरी विशाल पृथ्वी विचित्र पण्योपहार लेकर गैरिक वर्ण जलस्थ में बैठकर इन ग्राम-कन्याओं की खोज-खबर लेने आती है; इस समय जगत् के साथ आत्मीयता के गर्व से कुछ दिन के लिए उनकी लघुता नष्ट हो जाती है; सब सचल, सजग और सजीव हो उठते हैं एवं मौन निस्तब्ध प्रदेश में सुदूर राज्य की कलालापध्वनि आकर चारों दिशाओं को आंदोलित कर देती है।

इसी समय कुडूलकाटा में नाग बाबुओं के इलाके में विख्यात रथ-यात्रा का मेला लगा। ज्योत्स्ना-संध्या में तारापद ने घाट पर जाकर देखा, कोई नौका-चरखी लिए, कोई यात्रा करने वालों की मंडली लिए, कोई बिक्री का सामान लिए प्रबल नवीन स्रोत की धारा में तेजी से मेले की ओर चली जा रही है; यात्रा का दल सारंगी के साथ गीत गा रहा है और सम पर हा-हा-हा शब्द की ध्वनि हो उठती है, पश्चिमी प्रदेश की नौका के मल्लाह केवल मृदंग और करताल लिए उन्मत्त-उत्साह से बिना संगीत के खचमच शब्द से आकाश को विदीर्ण कर रहे हैं-उद्दीपनों की सीमा नहीं थी। देखते-देखते पूर्व क्षितिज से सघन मेघराशि ने प्रकांड काला पाल तानकर आकाश के बीच में खड़ा कर दिया, चाँद ढक गया-पूर्व की वायु वेग से बहने लगी, मेघ के पीछे मेघ दौड़ चले, नदी में जल कलकल हास्य से बढ़कर उमड़ने लगा-नदी-तीरवर्ती

आंदोलित वनश्रेणी में अंधकार पुंजीभूत हो उठा, मेढकों ने टर्राना शुरू कर दिया, झिल्ली की ध्वनि जैसे कराँत लेकर अंधकार को चीरने लगी। सामने आज मानो समस्त जगत् की रथ-यात्रा हो, चक्र घूम रहा है, ध्वजा फहरा रही है, पृथ्वी काँप रही है, मेघ उड़ रहे हैं, वायु दौड़ रहा है, नदी बह रही है, नौका चल रही है, गान-स्वर गूँज रहे हैं। देखते-देखते गुरु गंभीर ध्वनि में मेघ गरजने लगा, विद्युत आकाश को चीर-चीरकर चकाचौंध उत्पन्न करने लगी, सुदूर अंधकार में से मूसलधार वर्षा की गंध आने लगी। केवल नदी के एक किनारे पर एक ओर काँठालिया ग्राम अपनी कुटी के द्वार बंद करके दीया बुझाकर चुपचाप सोने लगा।

दूसरे दिन तारापद की माता और भाई आकर काँठालिया में उतरेय उसी दिन कलकत्ता से विविध सामग्री से भरी तीन बड़ी नौकाएँ काँठालिया के जमींदार की कचहरी के घाट पर आकर लगीं एवं उसी दिन बहुत सवेरे सोनामणि कागज में थोड़ा अमावट एवं पत्ते के दोने में कुछ अचार लेकर डरती-डरती तारापद के पढ़ने के कमरे के द्वार पर चुपचाप आ खड़ी हुई-किंतु उस दिन तारापद नहीं दिखाई दिया। स्नेह-प्रेम-बंधुत्व के षडडंत्र-बंधन उसको चारों ओर से पूरी तरह से घेरें, इसके पहले ही वह ब्राह्मण-बालक समस्त ग्राम का हृदय चुराकर एकाएक वर्षा की मेधांधकारणपूर्ण रात्रि में आसाक्तिविहीन उदासीन जननी विश्वपृथिवी के पास चला गया।

एक रात

एक ही पाठशाला में सुरबाला के साथ पढ़ा हूं, और बउ-बउ खेला हूं। उसके घर जाने पर सुरबाला की मां मुझे बड़ा प्यार करतीं और हम दोनों को साथ बिठाकर कहतीं, 'वाह, कितनी सुन्दर जोड़ी है।'

छोटा था, किन्तु बात का अभिप्राय प्राय: समझ लेता था। सुरबाला पर अन्य सर्वसाधारण की अपेक्षा मेरा कुछ विशेष अधिकार था, यह धारणा मेरे मन में बद्धमूल हो गई थी। इस अधिकार-मद से मत्त होकर उस पर मैं शासन और अत्याचार न करता होऊं, ऐसी बात न थी। वह भी सहिष्णुभाव से हर तरह से मेरी फरमाइश पूरी करती और दण्ड वहन करती। मुहल्ले में उसके रूप की प्रशंसा थी, किन्तु बर्बर बालक की दृष्टि में उस सौन्दर्य का कोई महत्त्व नहीं था-मैं तो बस यही जानता था कि सुरबाला ने अपने पिता के घर में मेरा प्रभुत्व स्वीकार करने के लिए ही जन्म लिया है, इसीलिए वह विशेष रूप से मेरी अवहेलना की पात्री है।

मेरे पिता चौधरी जमींदार के नायब थे। उनकी इच्छा थी, मेरे काम करने योग्य होते ही मुझे जमींदारी-सरिश्ते का काम सिखाकर कहीं गुमाश्तागिरी दिला दें। किन्तु मैं मन-ही-मन इसका विरोधी था। हमारे मुहल्ले के नीलरतन जिस तरह भागकर कलकत्ता में पढ़ना-लिखना सीखकर कलक्टर साहब के नाजिर हो गए थे उसी तरह मेरे जीवन का लक्ष्य भी अत्युच्च था, 'कलक्टर का नाजिर न बन सका तो जजी अदालत का हेड क्लर्क हो जाऊंगा', मैंने मन ही मन यह निश्चय कर लिया था।

मैं हमेशा देखता कि मेरे पिता इन अदालतजीवियों का बहुत सम्मान करते थे-अनेक अवसरों पर मछली-तरकारी, रुपये पैसे से उनकी पूजार्चना करनी पड़ती, यह बात भी मैं बाल्यावस्था से ही जानता था; इसलिए मैंने अदालत के छोटे कर्मचारी, यहां तक कि हरकारों को भी अपने हृदय में बड़े सम्मान का स्थान दे रखा था। ये हमारे बंगाल के पूज्य देवता थे, तेतीस कोटि देवताओं के छोटे-छोटे नवीन संस्करण। कार्य-सिद्धि-लाभ के सम्बन्ध में स्वयं

सिद्धिदाता गणेश की अपेक्षा इनके प्रति लोगों में आन्तरिक निर्भरता कहीं अधिक थी, अतएव पहले गणेश को जो कुछ प्राप्त होता था वह आजकल इन्हें मिलता था।

नीलरतन के दृष्टांत से उत्साहित होकर मैं एक दिन विशेष सुविधा पाकर कलकत्ता भाग गया। पहले तो गांव के एक परिचित व्यक्ति के घर ठहरा, उसके बाद पढ़ाई के लिए पिता से भी थोड़ी-बहुत सहायता मिलने लग गई। पढ़ना-लिखना नियमपूर्वक चलने लगा। इसके अतिरिक्त मैं सभा-समितियों में भी योग देता। देश के लिए प्राण-विसर्जन करने की तत्काल आवश्यकता है, इस विषय में मुझे कोई सन्देह न था। किन्तु, यह दुस्साध्य कार्य किस, प्रकार किया जा सकता है, यह मैं नहीं जानता था; न इसका कोई दृष्टांत ही दिखाई पड़ता था। पर इससे मेरे उत्साह में कोई कमी नहीं आई। हम देहाती थे, कम उम्र में ही प्रौढ़ बुद्धि रखने वाले कलकत्ता वालों की तरह हर चीज का मजाक उड़ाना हमने नहीं सीखा था; इसलिए हम लोग चन्दे की किताब लेकर भूखे-प्यासे दोपहर की धूप से दर-दर भीख मांगते फिरते, किनारे खड़े होकर विज्ञापन बांटते, सभा-स्थल में जाकर बेंच-कुर्सी लगाते, दलपति के बारे में किसी के कुछ कहने पर कमर बांधकर मार-पीट करने पर उतारू हो जाते। शहर के लड़के हमारे ये लक्षण देखकर हमें गंवार कहते।

आया तो था नाजिर सरिश्तेदार बनने, पर मैजिनी, गैरीबाल्डी बनने की तैयारी करने लग गया।

इसी समय मेरे पिता और सुरबाला के पिता ने एकमत होकर सुरबाला के साथ मेरा विवाह कर देने का निश्चय किया।

मैं पन्द्रह वर्ष की अवस्था में कलकत्ता भाग आया था, उस समय सुरबाला की अवस्था आठ वर्ष थी; अब मैं अठारह वर्ष का था। पिता के अनुसार मेरे विवाह की आयु धीरे-धीरे निकली जा रही थी। पर मैंने मन-ही-मन यह प्रतिज्ञा कर ली थी कि आजीवन अविवाहित रहकर स्वदेश के लिए मर मिटूंगा। मैंने पिता से कहा, 'पढ़ाई पूरी किये बिना मैं विवाह नहीं कर सकता।''

दो-चार महीने के बाद ही खबर मिली कि वकील रामलोचन बाबू के साथ सुरबाला का विवाह हो गया है। मैं तो पतित भारत की चंदा-वसूली के काम में व्यस्त था, मुझे यह समाचार अत्यन्त तुच्छ मालूम पड़ा।

एन्ट्रेंस पास कर लिया था, फर्स्ट ईयर आर्ट्स में जाने का विचार था कि

तभी पिता की मृत्यु हो गई। परिवार में मैं अकेला नहीं था; माता थीं और दो बहनें। अतएव कॉलेज छोड़कर काम की तलाश में निकलना पड़ा।

बहुत कोशिशों के बाद नोआखाली डिवीजन के एक छोटे-से शहर के एन्ट्रेंस स्कूल में असिस्टैण्ट मास्टर का पद मिला।

सोचा, 'मेरे उपयुक्त काम मिल गया। उपदेश तथा उत्साह प्रदान करके प्रत्येक विद्यार्थी को भावी भारत का सेनापति बना दूंगा।'

काम आरम्भ कर दिया। देखा, भारतवर्ष के भविष्य की अपेक्षा आसन्न इम्तहान की चिन्ता कहीं ज्यादा की जाती थी। छात्रों को ग्रामर और एलजेबरा के बाहर की कोई बात बताते ही हेडमास्टर नाराज हो जाते। दो एक महीने में मेरा उत्साह ठंडा पड़ गया।

हमारे जैसे प्रतिभाहीन लोग घर में बैठकर तो अनेक प्रकार की कल्पनाएं करते रहते हैं, पर अन्त में कर्म-क्षेत्र में उतरते ही कन्धे पर हल का बोझ ढोते हुए पीछे से पूंछ मरोड़ी जाने पर भी सिर झुकाए सहिष्णु भाव से प्रतिदिन खेत गोड़ने का काम कर संध्या को भर-पेट चारा पाकर ही सन्तुष्ट रहते हैं; फिर कूद-फांद करने का उत्साह नहीं बचता।

आग लगने के डर से एक-न-एक मास्टर को स्कूल में ही रहना पड़ता। मैं अकेला था, इसलिए यह भार मेरे ही ऊपर आ पड़ा। स्कूल के बड़े आठचाला से सटी हुई एक झोंपड़ी में मैं रहता।

स्कूल बस्ती से कुछ दूर एक बड़ी पुष्करणी के किनारे था। चारों ओर सुपारी, नारियल और मदार के पेड़ तथा स्कूल से लगे आपस में सटे हुए नीम के दो पुराने विशाल पेड़ छाया देते रहते।

अभी तक मैंने एक बात का उल्लेख नहीं किया, न मैंने उसे उस योग्य ही समझा। यहां के सरकारी वकील रामलोचन राय का घर हमारे स्कूल के पास ही था और उनके साथ उनकी स्त्री मेरी बाल्य-सखी सुरबाला थी, यह मैं जानता था।

रामलोचन बाबू के साथ मेरा परिचय हुआ। सुरबाला के साथ मेरा बचपन में परिचय था यह रामलोचन बाबू जानते थे या नहीं, मैं नहीं जानता। मैंने भी नया परिचय होने के कारण उस विषय में कुछ कहना उचित न समझा। यही नहीं सुरबाला किसी समय मेरे जीवन के साथ किसी रूप में जुड़ी हुई थी, यह बात मेरे मन में ठीक तरह से उठी ही नहीं।

एक दिन छुट्टी के रोज़ रामलोचन बाबू से भेंट करने उनके घर गया था। याद नहीं किस विषय पर बातचीत हो रही थी, शायद वर्तमान भारतवर्ष दुर्व्यस्था के सम्बन्ध में। यह बात न थी कि वे उसके लिए विशेष चिंतित और उदास थे, किन्तु विषय ऐसा था कि हुक्का पीते-पीते उस पर एक-डेढ़ घण्टे तक यों ही शौकिया दुःख प्रकट किया जा सकता था। तभी बगल के कमरे में चूड़ियों की हल्की-सी खनखनाहट, साड़ी की सरसराहट और पैरों की भी कुछ आहट सुनाई पड़ी। मैं अच्छी तरह समझ गया कि जंगले की संध से कोई कौतूहलपूर्ण आंखें मुझे देख रही हैं।

मुझे तत्काल वे आंखें याद ही आईं-विश्वास, सरलता और बालसुलभ प्रीति से छलछलाती दो बड़ी-बड़ी आंखें, काली-काली पुतलियां घनी काली पलकें, और स्थिर स्निग्ध दृष्टि। सहसा मेरे हृत्पिंड को मानो किसी ने अपनी कड़ी मुठी में भींच लिया। वेदना से मेरा अन्तर झनझना उठा।

लौटकर घर आ गया, किन्तु वह व्यथा बनी रही। पढ़ना-लिखना, जो भी करता किसी तरह मन का भार दूर न हो पाता। शाम के समय मैं कुछ शांत-चित्त होकर सोचने लगा कि आखिर ऐसा हुआ क्यों। उत्तर में मन बोल उठा, 'तुम्हारी वह सुरबाला कहां गई?'

मैंने कहा, 'मैंने तो उसे स्वेच्छा से ही छोड़ दिया था। वह क्या मेरे लिए ही बैठी रहती।'

मन के भीतर से कोई बोला, 'उस समय जिसे चाहते ही पा सकते थे अब उसे सिर पटककर मर जाने पर भी एक बार देखने तक का अधिकार तुम्हें नहीं मिल सकता। बाल्यावस्था की वह सुरबाला तुम्हारे कितने ही निकट क्यों न रहे, चाहे तुम उसकी चूड़ियों की खनक सुनते रहो, उसके बालों की सुगन्ध की महक पाते रहो, किन्तु तुम्हारे बीच में एक दीवार बराबर बनी रहेगी।'

मैंने कहा, 'जाने भी दो, सुरबाला मेरी कौन है।'

उत्तर मिला, "आज सुरबाला तुम्हारी कोई नहीं है, लेकिन सुरबाला तुम्हारी क्या नहीं हो सकती थी?"

सच बात है, सुरबाला मेरी क्या नहीं हो सकती थी। जो मेरी सबसे अधिक अंतरंग, सबसे निकटवर्त्तिनी, मेरे जीवन के समस्त सुख-दुःख की सहभागिनी हो सकती थी। वह अब इतनी दूर, इतनी पराई हो गई है कि आज उसको देखना और बात करना भी अपराध है, उसके विषय में सोचना पाप है। और

यह रामलोचन न जाने कहां से आ गया, बस दो-एक रटे-रटाए मन्त्र पढ़कर सुरबाला को पलक मारते ही एक झपटरे में धरती के और सब लोगों से छीन ले गया।

रामलोचन के घर की दीवारों में जो सुरबाला थी, वह रामलोचन की भी अपेक्षा मेरी अधिक थी। यह बात मैं किसी भी प्रकार मन से नहीं निकाल पाता था। शायद यह बात असंगत थी फिर भी अस्वाभाविक नहीं थी।

तबसे और किसी भी काम में मन नहीं लग सका। दोपहर के समय क्लास में जब छात्र गुनगुनाते रहते, बाहर सन्नाटा छाया रहता, नीम की निंबौलियों की महक होती तब भीतर कुछ होता। मन कुछ चाहता मगर उसका रूप साफ न होता। स्कूल की छुट्टी होने पर अपने बड़े कमरे में अकेले मन न लगता, लेकिन यदि कोई मिलने चला आए तो भी मन बड़ा अझेल हो जाता। सन्ध्या समय पुष्करिणी के किनारे सुपारी-नारियल के वृक्षों की अर्थहीन मर्मर ध्वनि सुनते-सुनते सोचता, 'मनुष्य-समाज एक जटिल भ्रमजाल है। ठीक समय पर ठीक काम करना किसी को नहीं सूझता, बाद में अनुपयुक्त समय पर अनुचित वासना लेकर अस्थिर होकर मर जाता है।'

"तुम्हारे जैसा आदमी सुरबाला का पति होकर आजीवन बड़े सुख से रह सकता था; तुम तो होने चले थे गैरीबाल्डी, और अन्त में हुए एक देहाती स्कूल के असिस्टेण्ट मास्टर! और रामलोचन राय वकील विवाह करके सरकारी वकील बनकर अच्छा खासा रोजगार करने लगा। जिस दिन दूध में धुएं की बू आती, वह सुरबाला को डांट देता और जिस दिन उसका मन प्रसन्न रहता उस दिन सुरबाला के लिए गहने बनवा देता। अपने मोटी थुलथुली देह पर अचकन डाले, वह परम संतुष्ट रहता। वह कभी भी तालाब के किनारे बैठकर आकाश के तारों की ओर देखता हुआ आहें भरते हुए शाम नहीं गुजारता।"

एक बड़े मुकद्दमे में रामलोचन कुछ दिन के लिए बाहर गया था। अपने स्कूल-भवन में मैं जिस तरह अकेला था, शायद उस दिन सुरबाला भी अपने घर में उसी तरह अकेली थी।

मुझे याद है, उस दिन सोमवार था। सवेरे से ही आकाश में बादल थे। दस बजे से टप-टप बारिश शुरू हो गई थी। आकाश की दशा देखकर हैड-मास्टर ने जल्दी छुट्टी कर दी। काले-काले मेघ सारे दिन आकाश में घूमते रहे। दूसरे दिन तीसरे पहर से मूसलाधार बारिश शुरू हुई और आंधी चलने लगी।

ज्यों-ज्यों रात होने लगी बारिश और आंधी का वेग भी बढ़ने लगा। पहले पुरवैया चल रही थी। फिर उत्तर तथा उत्तर-पूर्व की ओर से हवा बहने लगी।

उस रात सोने का प्रयल करना व्यर्थ था। खयाल आया, "इस दुर्योग के समय सुरबाला घर में अकेली है!" हमारा स्कूल-भवन उनके घर की अपेक्षा कहीं अधिक मजबूत था, कई बार मन में आया, "उसे स्कूल-भवन में बुला लाऊं और मैं पुष्करिणी के किनारे रात बिता लूं।" किन्तु किसी भी तरह तय नहीं कर पाया।

रात एक-डेढ़ पहर गई होगी कि सहसा बाढ़ आने की आवाज सुनाई पड़ी। समुद्र बढ़ा आ रहा था। घर से बाहर निकला। सुरबाला के घर की ओर चला। रास्ते में अपनी पृष्करिणी का किनारा पड़ा- वहां तक आते-आते पानी मेरे घुटनों तक पहुंच गया था। मैं ज्यों ही किनारे पर जाकर खड़ा हुआ त्यों ही एक और तरंग आ पहुंची।

हमारे तालाब के किनारे का एक हिस्सा लगभग दस-ग्यारह हाथ ऊंचा था। जिस समय मैं किनारे पर चढ़ा उसी समय विपरीत दिशा से एक और व्यक्ति भी चढ़ा। व्यक्ति कौन था यह सिर से लेकर पैर तक मेरी संपूर्ण अन्तरात्मा समझ गई थी। और उसने भी मुझे पहचान लिया था इसमें मुझे सन्देह नहीं।

और तो सब-कुछ डूबा हुआ था, केवल पांच-छह हाथ के उस द्वीप पर हम दोनों प्राणी आकर खड़े हुए थे।

प्रलयकाल था। आकाश से तारे गायब। धरती के सब प्रदीप बुझे हुए थे--उस समय कोई बात करने में भी हानि नहीं थी-किन्तु एक भी शब्द न निकला। दोनों केवल अन्धकार की ओर ताकते रहे।

आज संसार छोड़कर सुरबाला मेरे पास आकर खड़ी थी। मुझे छोड़कर आज सुरबाला का कोई नहीं था। कब से बीते हुए उस शैशव-काल में सुरबाला किसी जन्मान्तर के बाद किसी प्राचीन रहस्यान्धकार पर उतराती हुई इस सूर्य चन्द्रालोकित जनाकीर्ण पृथ्वी के ऊपर मेरी ही बगल में आकर खड़ी हुई थी। जन्म-स्त्रोत ने उस नवकलिका को मेरे पास लाकर फेंक दिया था, मृत्यु-स्त्रोत ने उस विकसित पुष्प को भी मेरे ही पास ला फेंका। इस समय केवल एक और लहर की जरूरत थी जो सदैव के लिए हमें एक कर देती।

वह लहर न आए। पति-पुत्र, घर-धन-जन को लेकर सुरबाला चिरकाल तक सुख से रहे। मैंने इसी रात में महाप्रलय के किनारे अनन्त आनन्द का स्वाद पा लिया।

रात समाप्त होने को आई। आंधी थम गई। पानी उतर गया। सुरबाला बिना कुछ कहे घर चली गई, मैं भी बिना कुछ कहे अपने घर चला आया। मैंने सोचा, 'मैं नाजिर भी नहीं हुआ, सरिश्तेदार भी नहीं हुआ, गैरीबाल्डी भी नहीं हुआ, मैं एक टूटे-फूटे स्कूल का असिस्टेण्ट मास्टर रह गया, मेरे इस सम्पूर्ण जीवन में केवल क्षण-भर के लिए एक अनन्त रात्रि का उदय हुआ था। शायद वही जीवन की एकमात्र चरम सार्थकता थी।'

(बउ-बउ=छोटी बालिकाओं का खेल; जिसमें बहू के समान सजकर, घूंघट निकालकर गृहिणी का अभिनय करती हैं।)

पोस्टमास्टर

काम शुरू करते ही पहले पहल पोस्टमास्टर को उलापुर गांव आना पड़ा। गांव बहुत साधारण था। गांव के पास ही एक नील-कोठी थी। इसीलिए कोठी के स्वामी ने बहुत कोशिश करके यह नया पोस्टऑफिस खुलवाया था।

हमारे पोस्टमास्टर कलकत्ता के थे। पानी से निकलकर सूखे में डाल देने से मछली की जो दशा होती है वही दशा इस बड़े गांव में आकर इन पोस्टमास्टर की हुई। एक अंधेरी आठचाला में उनका ऑफिस था, पास ही काई से घिरा एक तालाब था, जिसके चारों ओर जंगल था। कोठी में गुमाश्ते वगैरह जितने भी कर्मचारी थे उन्हें अक्सर फुर्सत नहीं रहती थी, न वे शिष्टजनों से मिलने-जुलने के योग्य ही थे।

खासतौर से कलकत्ता के बाबू ठीक तरह से मिलना-जुलना नहीं जानते। नई जगह में पहुंचकर वे या तो उद्धत हो जाते हैं या अप्रतिभ। इसलिए स्थानीय लोगों से उनका मेल-जोल नहीं हो पाता। इधर काम भी ज्यादा नहीं था। कभी-कभी एकाध कविता लिखने की कोशिश करते। उनमें इस प्रकार के भाव व्यक्त करते-दिनभर तरु-पल्लवों का कम्पन और आकाश के बादल देखते-देखते जीवन बड़े सुख से कट जाता है। लेकिन अन्तर्यामी जानते हैं कि यदि अलिफलैला का कोई दैत्य आकर एक ही रात में तरु-पल्लव समेत इन सारे पेड़-पौधों को काटकर पक्का रास्ता तैयार कर देता और पंक्तिबद्ध अट्टालिकाओं द्वारा बादलों को दृष्टि से ओझल कर देता तो यह मृतप्राय भद्र वंशधर नवीन जीवन-लाभ कर लेता।

पोस्टमास्टर को बहुत कम तनख्वाह मिलती थी। अपने हाथों बनाकर खाना पड़ता और गांव की एक मातृ-पितृ-हीन अनाथ बालिका इनका काम-काज कर देती थी। उसको थोड़ा-बहुत खाना मिल जाता। लड़की का नाम था रतन। उम्र बारह-तेरह। उसके विवाह की कोई विशेष सम्भावना नहीं दिखाई देती थी।

शाम को जब गांव की गोशाला से कुंडलाकार धुआं उठता, झाड़ियों में झींगुर बोलते दूर के गांव में पियक्कड़ बाउलों का दल ढोल-करताल

बजाकर ऊंचे स्वर में गीत छेड़ देता-जब अन्दर बरामदे में अकेले बैठे-बैठे वृक्षों का कम्पन देखकर कवि-हृदय में भी ईषत् हत्कंप होने लगता तब कमरे के कोने में एक टिमटिमाता हुआ दिया जलाकर पोस्टमास्टर आवाज लगाते-'रतन'।

रतन दरवाजे पर बैठी इस आवाज की प्रतीक्षा करती रहती। लेकिन पहली आवाज पर ही अन्दर न आती। वहीं से कहती, ''क्या है बाबू, किसलिए बुला रहे हो?''

पोस्टमास्टर, ''तू क्या कर रही है?''

रतन, ''बस चूल्हा जलाने ही जा रही हूं, रसोईघर में।''

पोस्टमास्टर, ''तेरा रसोई का काम पीछे हो जायेगा। पहले हुक्का भर ला!''

थोड़ी देर में अपने गाल फुलाए चिलम में फूंक मारती-मारती रतन भीतर आती। उसके हाथ से हुक्का लेकर पोस्टमास्टर चट से पूछ बैठते, ''अच्छा रतन, तुझे अपनी मां की याद है?''

बड़ी लम्बी बातें हैं, बहुत-सी याद हैं, बहुत-सी याद भी नहीं। माँ की अपेक्षा पिता उसको अधिक प्यार करते थे। पिता की उसे थोड़ी-थोड़ी याद है। दिन भर मेहनत करके उसके पिता शाम को घर लौटते। भाग्य से उन्हीं में से दो-एक शामों की याद उसके मन में चित्र के समान अंकित है। उन्हीं की बात करते-करते धीरे-धीरे रतन पोस्टमास्टर के पास ही जमीन पर बैठ जाती। उसे ध्यान आता, उसका एक भाई था। बहुत दिन पहले बरसात में एक दिन तालाब के किनारे दोनों ने मिलकर पेड़ की टूटी हुई टहनी की बंसी बनाकर झूठ-मूठ मछली पकड़ने का खेल खेला था। अनेक महत्त्वपूर्ण घटनाओं की अपेक्षा इसी बात की याद उसे अधिक आती। इस तरह बातें करते-करते कभी-कभी काफी रात हो जाती। तब आलस के मारे पोस्टमास्टर को खाना बनाने की इच्छा न होती। सबेरे की बासी तरकारी रहती और रतन झटपट चूल्हा जलाकर कुछ रोटियां सेक लेती। उन्हीं से दोनों के रात्रि-भोजन का काम चल जाता।

कभी-कभी शाम को उस बृहत् आठचाला के एक कोने में ऑफिस की काठ की कुर्सी पर बैठे-बैठे पोस्टमास्टर भी अपने घर की बात चलाते-छोटे-भाई की बात, मां और दीदी की बात, प्रवास में एकान्त कमरे में बैठकर जिन लोगों के लिए हृदय कातर हो उठता उनकी बात। जो बातें उनके मन में बार-बार उदय होती रहतीं, पर जो नील-कोठी के गुमाश्तों के सामने किसी भी तरह

नहीं उठाई जा सकती थीं, उन्हीं बातों को उस अनपढ़ नन्ही बालिका से कहते उन्हें बिल्कुल संकोच न लगता। अन्त में ऐसा हुआ कि बालिका बातचीत करते समय उनके घर वालों को चिरपरिचितों के समान खुद भी मां, दादा, दीदी कहने लगी। यहां तक कि अपने नन्हे-से हृदयपट पर उसने उनकी काल्पनिक मूर्ति भी चित्रित कर ली थी।

एक दिन बरसात की दोपहर में बादल छंट गए थे और हलका-सा ताप लिये सुकोमल हवा चल रही थी। धूप में नहाई घास से और पेड़-पौधों से एक प्रकार की गन्ध निकल रही थी; ऐसा लगता था मानो क्लान्त धरती का उष्ण निःश्वास अंगों को छू रहा हो और न जाने कहां का एक हठी पक्षी दोपहर-भर प्रकृति के दरबार में लगातार एक लय से अत्यन्त करुण स्वर में अपनी नालिश दुहरा रहा था। उस दिन पोस्टमास्टर के हाथ खाली थे। वर्षों के धुले लहलहाते चिकने मृदुल तरु-पल्लव और धूप में चमकते पराजित वर्षा के भग्नावशिष्ट स्तूपाकार बादल सचमुच देखने योग्य थे।

पोस्टमास्टर उन्हें देखते जाते और सोचते जाते कि इस समय यदि कोई आत्मीय अपने पास होता, हृदय के साथ एकान्त संलग्न कोई स्नेह की प्रतिमा मानव-मूर्ति। धीरे-धीरे उन्हें ऐसा लगने लगा मानो वह पक्षी भी बार-बार यही कह रहा हो, और मानो उस निर्जन में तरु-छाया में डूबी दोपहर के पल्लव-मर्मर का भी कुछ ऐसा ही अर्थ हो। न तो कोई विश्वास कर सकता, न जान पाता, लेकिन उस छोटे से गांव के सामान्य वेतन भोगी उस सब-पोस्टमास्टर के मन में छुट्टी के लम्बे दिनों में गम्भीर सुनसान दोपहर में इसी प्रकार के भाव उदय होते रहते।

पोस्टमास्टर ने एक दीर्घ निःश्वास लिया और फिर आवाज लगाई, ''रतन!''

रतन उस समय अमरूद के पेड़ के नीचे पैर फैलाए कच्चा अमरूद खा रही थी वह मालिक की आवाज सुनते ही तुरन्त दौड़ी हुई आई और हांफती-हांफती बोली, ''भैयाजी, बुला रहे थे?'

पोस्टमास्टर ने कहा, ''मैं तुझे थोड़ा-थोड़ा करके पढ़ना सिखाऊंगा।'' और फिर दोपहर-भर उसके साथ 'छोटा अ', 'बड़ा अ' करते रहे। इस तरह कुछ दिनों में संयुक्त अक्षर भी पार कर लिए।

सावन का महीना था। लगातार वर्षा हो रही थी। खड्डे, नाले, तालाब, सब पानी से भर गए थे। रात-दिन मेढक की टर्र-टर्र और वर्षा की आवाज। गांव

के रास्तों में चलना-फिरना लगभग बन्द हो गया था। हाट के लिए नाव में चढ़कर जाना पड़ता।

एक दिन सवेरे से ही बादल खूब घिरे हुए थे। पोस्टमास्टर की शिष्या बड़ी देर से दरवाजे के पास बैठी प्रतीक्षा कर रही थी, लेकिन और दिनों की तरह जब यथासमय उसकी बुलाहट न हुई तो खुद किताबों का थैला लिये धीरे-ध रे भीतर आई। देखा, पोस्टमास्टर अपनी खटिया पर लेटे हुए हैं। यह सोचकर कि वे आराम कर रहे हैं, वह चुपचाप फिर बाहर जाने लगी। तभी अचानक सुनाई पड़ा 'रतन!' झपटकर लौटकर भीतर जाकर उसने कहा, ''भैयाजी, सो रहे थे?''

पोस्टमास्टर ने कातर स्वर में कहा, ''तबीयत ठीक नहीं मालूम होती। जरा मेरे माथे पर हाथ रखकर तो देख!''

घोर वर्षा के समय प्रवास में इस तरह बिल्कुल अकेले रहने पर रोग से पीड़ित शरीर को कुछ सेवा पाने की इच्छा होती है। तप्त ललाट पर शंख की चूड़ियां पहने कोमल हाथ याद आने लगते हैं। ऐसे कठिन प्रवास में रोग की पीड़ा में यह सोचने की इच्छा होती है कि पास ही स्नेहमयी नारी के रूप में माता और दीदी बैठी हैं और प्रवासी के मन की यह अभिलाषा व्यर्थ नहीं गई। बालिका रतन बालिका न रही। उसने फौरन माता का पद ग्रहण कर लिया। वह जाकर वैद्य को बुला लाई, यथासमय गोली खिलाई, सारी रात सिरहाने बैठी रही, अपने हाथों पथ्य तैयार किया और सैकड़ों बार पूछती रही, ''भैयाजी कुछ आराम है क्या?''

बहुत दिनों बाद पोस्टमास्टर जब रोग-श''या छोड़कर उठे तो उनका शरीर दुर्बल हो गया था। उन्होंने मन में तय किया, अब और नहीं। जैसे भी हो, अब यहां से बदली करानी चाहिए। अपनी अस्वस्थता का उल्लेख करते हुए उन्होंने उसी समय अधिकारियों के पास बदली के लिए कलकत्ता दरख्वास्त भेज दी।

रोगी की सेवा से छुट्टी पाकर रतन ने दरवाजे के बाहर फिर अपने स्थान पर अधिकार जमा लिया। लेकिन अब पहले की तरह उसकी बुलाहट नहीं होती थी। वह बीच-बीच में झांककर देखती-पोस्टमास्टर बड़े ही अनमने भाव से या तो कुर्सी पर बैठे रहते या खाट पर लेटे रहते।

जिस समय इधर रतन बुलाहट की प्रतीक्षा में रहती, वे अधीर होकर अपनी दरख्वास्त के उत्तर की प्रतीक्षा करते रहते। दरवाजे के बाहर बैठी रतन ने

हजारों बार अपना पुराना पाठ दुहराया। बाद में यदि किसी दिन सहसा उसकी बुलाहट हुई तो उस दिन कहीं उसका संयुक्त अक्षरों का ज्ञान गड़बड़ न हो जाय इसकी उसे आशंका थी। आखिर लगभग एक सप्ताह के बाद एक दिन शाम को उस की पुकार हुई। कांपते हृदय से उसने भीतर प्रवेश किया और पूछा, ''भैयाजी, मुझे बुलाया था?''

पोस्टमास्टर ने कहा, ''रतन, मैं कल ही चला जाऊंगा।''

रतन, ''कहां चले जाओगे भैयाजी!''

पोस्टमास्टर, ''घर जाऊंगा।''

रतन, ''फिर कब लौटोगे?''

पोस्टमास्टर, ''अब नहीं लौटूंगा।''

रतन ने और कोई बात नहीं पूछी। पोस्टमास्टर ने स्वयं ही उसे बताया कि उन्होंने बदली के लिए दरख्वास्त दी थी, पर दरख्वास्त नामंजूर हो गई इसलिए वे इस्तीफा देकर घर चले जा रहे हैं। बहुत देर तक दोनों में से किसी ने और कोई बात नहीं की। दीया टिमटिमाता रहा और घर के जीर्ण छप्पर को भेदकर वर्षा का पानी मिट्टी के सकोरे में टप-टप करता टपकता रहा।

बड़ी देर के बाद इतने धीरे उठकर रसोईघर में रोटियां बनाने चली गई। पर आज और दिनों की तरह उसके हाथ जल्दी-जल्दी नहीं चल रहे थे। शायद उसके मन में रह-रहकर तरह-तरह की आशंकाएं उठ रही थीं। जब पोस्टमास्टर भोजन कर चुके तब उसने पूछा, ''भैयाजी, मुझे अपने घर ले चलोगे?''

पोस्टमास्टर ने हंसकर कहा, ''वाह, यह कैसे हो सकता है!'' किन कारणों से यह बात सम्भव न थी, बालिका को यह समझाना उन्होंने आवश्यक नहीं समझा।

रातभर जागते और स्वप्न देखते हुए बालिका के कानों में पोस्टमास्टर के हंसी-मिश्रित स्वर गूंजते रहे, 'वाह, यह कैसे हो सकता है।'

सवेरे उठकर पोस्टमास्टर ने देखा कि उनके नहाने के लिए पानी पहले से ही रख दिया गया है। कलकत्ता की अपनी आदत के अनुसार वे ताजे पानी से ही स्नान करते थे। न जाने क्यों बालिका यह नहीं पूछ सकी थी कि वे सवेरे किस समय यात्रा करेंगे। बाद में कहीं तड़के ही जरूरत न पड़ जाय, यह सोचकर रतन उतनी रात में ही नदी से उनके नहाने के लिए पानी भरकर ले आई थी। स्नान समाप्त होते ही रतन की पुकार हुई। रतन ने चुपचाप भीतर

प्रवेश किया और आदेश की प्रतीक्षा में मौन भाव से एक बार अपने मालिक की ओर देखा।

मालिक ने कहा, ''रतन, मेरी जगह जो सज्जन आयेंगे मैं उन्हें कह जाऊंगा। वे मेरी ही तरह तेरी देख-भाल करेंगे। मेरे जाने से तुझे कोई चिंता करने की जरूरत नहीं है।'' इसमें कोई सन्देह नहीं कि ये बातें अत्यन्त स्नेहपूर्ण और दयार्द्र हृदय से निकली थीं, किन्तु नारी के हृदय को कौन समझ सकता है! रतन इसके पहले बहुत बार अपने मालिक के हाथों अपना तिरस्कार चुपचाप सहन कर चुकी थी, लेकिन इस कोमल बात को वह सहन न कर पाई। उसका हृदय एकाएक उमड़ आया और उसने रोते-रोते कहा, ''नहीं, नहीं। तुम्हें किसी से कुछ कहने की जरूरत नहीं है, मैं रहना नहीं चाहती।''

पोस्टमास्टर ने रतन का ऐसा व्यवहार पहले कभी नहीं देखा था, इसलिए वे अवाक् रह गए। नया पोस्टमास्टर आया। उसको सारा चार्ज सौंप देने के बाद पुराने पोस्टमास्टर चलने को तैयार हुए। चलते-चलते रतन को बुलाकर बोले, ''रतन, तुझे मैं कभी कुछ न दे सका, आज जाते समय कुछ दिए जा रहा हूं, इससे कुछ दिन तेरा काम चल जायेगा।''

तनख्वाह में जो रुपये मिले थे उनमें से राह-खर्च के लिए कुछ बचा लेने के बाद उन्होंने बाकी रुपये जेब से निकाले। यह देखकर रतन धूल में लोटकर उनके पैरों से लिपटकर बोली, ''भैयाजी, मैं तुम्हारे पैरों पड़ती हूं, मेरे लिए किसी को कोई चिन्ता करने की जरूरत नहीं।'' और यह कहते-कहते वह तुरन्त वहां से भाग गई।

भूतपूर्व पोस्टमास्टर दीर्घ निःश्वास लेकर हाथ में कारपेट का बैग लटकाए, कन्धे पर छाता रखे, कुली के सिर पर नीली-सफेद धारियों से चित्रित टीन की पेटी रखवाकर धीरे-धीरे नाव की ओर चल दिए।

जब वे नौका पर सवार हो गए और नाव चल पड़ी, वर्षा से उमड़ी नदी धरती की छलछलाती अश्रु-धारा के समान चारों ओर छलछल करने लगी, तब वे अपने हृदय में एक तीव्र व्यथा अनुभव करने लगे। एक साधारण ग्रामीण बालिका के करुण मुख का चित्र मानो विश्व-व्यापी बृहत् अव्यक्त मर्म-व्यथा प्रकट करने लग गया।

एक बार बड़े जोर से उनकी इच्छा हुई कि लौट जायें और जगत् की गोद से वंचित उस अनाथिनी को साथ ले आयें। लेकिन तब तक पाल में हवा भर

गई थी, वर्षा का प्रवाह और भी तेज हो गया था। गांव को पार कर चुकने के बाद नदी-किनारे का शमशान दिखाई दे रहा था और नदी की धारा के साथ बढ़ते हुए पथिक के उदास हृदय में यह सत्य उदित हो रहा था, ''जीवन में न जाने कितना वियोग है, कितना मरण है, लौटने के क्या लाभ! संसार में कौन किसका है!'

लेकिन रतन के हृदय में किसी भी सत्य का उदय नहीं हुआ। वह उस पोस्टऑफिस के चारों ओर चुपचाप आंसू बहाती चक्कर काटती रही। शायद उसके मन में हल्की-सी आशा जीवित थी कि हो सकता है, भैयाजी, लौट आयें। आशा के इसी बन्धन से बंधी वह किसी भी तरह दूर नहीं जा पा रही थी।

हाय रे बुद्धिहीन मानव-हृदय! तेरी भ्रान्ति किसी भी तरह नहीं मिटती। युक्ति शास्त्र का तर्क बड़ी देर बाद मस्तिष्क में प्रवेश करता है। प्रबल से प्रबल प्रमाण पर भी अविश्वास करके मिथ्या आशा को अपनी दोनों बांहों से जकड़कर तू भरसक छाती से चिपकाए रहता है। अन्त में एक दिन सारी नाड़ियां काटकर, हृदय का सारा रक्त चूसकर वह निकल भागती है। तब होश आते ही मन किसी दूसरी भ्रान्ति के जाल में बंध जाने के लिए व्याकुल हो उठता है।

एक छोटी पुरानी कहानी

कहानी सुनानी पड़ेगी? पर और नहीं सुना सकता। अब इस थके असमर्थ व्यक्ति को छुट्टी देनी पड़ेगी।

यह पद मुझे किसने दिया बताना मुश्किल है। धीरे-धीरे एक-एक करके तुम पाँच लोग आकर मेरे चारों तरफ कब इकट्ठे हो गए, और क्यों मुझ पर अनुग्रह किया और मुझसे प्रत्याशा की, यह बताना मेरे लिए कठिन है। जरूर वह तुम्हारे अपने गुणों के कारण है; सौभाग्यवश मेरे प्रति सहसा तुम लोगों का अनुग्रह जागृत हुआ था। और जिस प्रकार उस अनुग्रह की रक्षा हो सके, उस चेष्टा में यथासंभव त्रुटि नहीं हुई।

किन्तु पाँच लोगों की अव्यक्त अनिर्दिष्ट सम्मति से जो कार्यभार मेरे प्रति अर्पित हुआ मैं उसके योग्य नहीं हूँ। क्षमता है या नहीं, यह लेकर विनय या अहंकार नहीं करना चाहता किन्तु प्रधान कारण यह है कि विधाता ने मुझे एकाकी जीव के रूप में बनाया है। ख्याति, यश, जनता के लिए उपयोगी वगैरह बनाकर मेरे शरीर को सख्त।।। चमड़ी नहीं दीय उनका यह विधान था कि यदि तुम आत्मरक्षा करना चाहते हो तो थोड़ा अकेलेपन में रहो। हृदय भी अकेले रहने के लिए सदा उत्कंठित रहता है। किन्तु बाबा बिना दिखे परिहास में हो या भूल समझ कर ही हो, मुझे एक बहुत बड़े जनसमाज में उतार कर इस वक्त मुँह पर कपड़ा लगाये हँस रहे हैं; मैं उनकी इस हँसी में योग देने, की चेष्टा कर रहा हूँ किन्तु किसी तरह सफल नहीं हो पा रहा।

ऐसा नहीं लगता कि पलायन करना मेरा कर्तव्य है। सैन्यदल में ऐसे बहुत से लोग हैं जो स्वभाव से युद्ध की अपेक्षा शांति में अधिक स्फूर्ति पाते हैं, किन्तु जब वे अपने और दूसरों के भ्रमवश युद्धक्षेत्र के बीच आ जाते हैं, तब अचानक दल तोड़कर भागना उन्हें शोभा नहीं देता। भाग्य अच्छी तरह सोचकर प्राणियों को उनकी सामर्थ्य के अनुसार काम में लगाता है, पर फिर भी दिया गया काम दृढ़ निष्ठा के साथ करना मनुष्य का कर्तव्य है।

तुम्हें जरूरी लगता है इसलिए मेरे पास आते हो, और सम्मान दिखाने में भी भूल नहीं करते। आवश्यकता खत्म हो जाने पर आज्ञाकारी सेवक धर्म के

प्रति अवज्ञा दिखाकर कुछ आत्मगौरव अनुभव करने की चेष्टा भी करते हो। पृथ्वी पर साधारणत: यही स्वाभाविक है और इसी कारण ही 'साधारण' नामक एक अकृतज्ञ अव्यवस्थित चित्त राजा पर उसके अनुचर वर्ग का पूरा विश्वास नहीं होता। किन्तु पक्ष विपक्ष की ओर देखने से हमेशा सब काम करना नहीं हो पाता। निरपेक्ष होकर काम न करने से काम का गौरव नहीं रहता।

अत:एव यदि कुछ सुनने की इच्छा से आते हो तो कुछ सुनाऊँगा। थकान नहीं मानूँगा और उत्साह की प्रत्याशा भी नहीं करूँगा।

पर आज एक छोटी और धरती की बहुत पुरानी एक कहानी याद आ रही है। मनोहर न होते हुए भी छोटी होने के कारण धैर्य टूटने की संभावना नहीं है।

धरती की एक बड़ी नदी के तट पर एक बड़ा जंगल था। उसी जंगल में और उसी नदी के किनारे पर एक कठफोड़वा और एक दीर्घच्चु पक्षी रहते थे।

जब धरती पर कीड़े सुलभ थे तब भूख मिटाने के लिए दोनों सन्तुष्ट चित्त से धरती के यश का गाना गाते हुए तन्दुरुस्त शरीर लिये घूमते थे।

समय के साथ दैवयोग से धरती पर कीड़े मुश्किल हो उठे। तब नदी के तीर पर स्थित पक्षी ने शाखा पर बैठे कठफोड़वा से कहा, 'भाई कठफोड़वा, बाहर से बहुतों को यह धरती नई श्यामल सुन्दर लगती है पर मुझे तो यह शुरू से अन्त तक जीर्ण लगती है।'

शाखा पर बैठे कठफोड़वा ने नदी-तट पर बैठे पक्षी से कहा, 'भाई दीर्घच्चु, बहुत से लोग इस जंगल को सतेज शोभनीय मानते हैं, किन्तु मैं कहता हूँ यह एकदम अन्त:सारविहीन है।'

तब दोनों ने मिलकर यही प्रमाणित करने का दृढ़ निश्चय कर लिया। पक्षी ने नदी के तट पर छलाँग मारकर धरती की नरम कीचड़ पर बराबर चोंच मारकर वसुन्धरा की जीर्णता दिखाने लगा और कठफोड़वा वनस्पति की कठिन शाखाओं पर बार-बार चोंच मारकर जंगल के अन्दर के खोखलेपन को दिखाने लगा।

विधि की विडम्बना से ऊपर बताये गए दोनों अध्यवसायी पक्षी संगीत विद्या से वंचित थे। अतएव जब कोयल धरती पर बसन्त के नये आगमन की घोषणा पंचम स्वर में करने लगी और जब श्यामा जंगल में नई सुबह के उदित होने पर कीर्तन करने लगी, तब भी दोनों भूखे असन्तुष्ट मूक प्राणी बिना थके उत्साहपूर्वक अपनी प्रतिज्ञा का पालन करते रहे।

यह कहानी तुम लोगों को अच्छी नहीं लगी? अच्छी लगने की बात ही नहीं थी। पर इसका सबसे बड़ा और महत्त्वपूर्ण गुण यह है कि यह पाँच-सात पैराग्राफ में पूरी हो गई।

तुम्हें नहीं लगता कि यह कहानी पुरानी है? इसका कारण यह है कि ध रती पर भाग्य के दोष से यह कहानी बहुत पुरानी होते हुए भी हमेशा नई रही। बहुत दिन से अकृतज्ञ कठफोड़वा पृथ्वी के दृढ़ मजबूत अमर महत्त्व के ऊपर ठक-ठक शब्द से चोंच मार रहा है, और दीर्घच्चु पक्षी पृथ्वी की सरस उर्वर कोमलता को चोंच से खचू- खचू की आवाज़ से बींध रहा है--आज भी उसका अन्त नहीं हुआ, मन में जो शिकायत है वह बनी हुई है।

पूछ रहे हो कहानी में सुख-दु:ख की क्या बात है? इसमें दु:ख की कहानी भी है और सुख की भी। दु:ख की यह है कि पृथ्वी जितनी भी उदार क्यों न हो और जंगल कितना भी महान क्यों न हो, मामूली चोंचें अपना खाद्य न पाने पर उन पर आघात करती ही हैं। सुख की बात यह है कि फिर भी सैकड़ों सालों से धरती नई और जंगल हरेभरे हैं। यदि कोई मरता है तो वह वे दोनों विद्वेषी विष जर्जर हतभागे पक्षी हैं, और दुनिया में कोई इस बारे में नहीं जान पाता।

तुम लोग इस कहानी में सिर-पैर कुछ नहीं समझ पाये? अर्थ कोई विशेष जटिल नहीं है, शायद कुछ उम्र होने पर समझ पाओगे।

जो भी हो सब मिलाकर चीज तुम्हारे लायक नहीं बन पाई?

इसमें तो कोई संदेह नहीं है।

गिन्नी

हमारे पंडित शिवनाथ छात्रवृत्ति कक्षा से दो-तीन क्लास नीचे के अध्यापक थे। उनके दाढ़ी-मूँछ नहीं थी, बाल छँटे हुए थे और चोटी छोटी-सी थी। उन्हें देखते ही बच्चों की अन्तरात्मा सूख जाती थी।

प्राणियों में देखा जाता है कि जिनके दंश होता है उनके दाँत नहीं होते। हमारे पंडित महाशय के दोनों एक साथ थे। एक तरफ से चाँटे, थप्पड़, मुक्के ऐसे बरसाते जैसे छोटे पौधों पर ओले बरसते हैं, दूसरी तरफ से तीखे वाक्यों की आग से प्राण बाहर आने को हो जाते।

इनका आक्षेप था कि अब पुराने जमाने की तरह गुरु-शिष्य सम्बन्ध नहीं रहा; अब छात्र गुरुओं की देवता के समान भक्ति नहीं करते; यह कहकर अपनी उपेक्षित महिमा बच्चों के दिमाग में बलपूर्वक भरते थे; और बीच-बीच में हुंकार उठते थे, पर उसमें इतनी छोटी बातें मिली रहती थीं कि उन्हें देवता की गर्जना मानने का भ्रम कोई नहीं कर सकता था। अगर वज्रनाद की तरह गर्जना से बाप को गाली दी जाए, तो उसके पीछे छिपी बंगाली की क्षुद्रता फौरन पकड़ में आ जाएगी।

जो भी हो, हमारे स्कूल के इस तीसरी कक्षा के दूसरे विभाग के देवता को कोई इन्द्र चन्द्र वरुण या कार्तिक मानने का भ्रम नहीं कर सकता; सिर्फ एक देवता के साथ उनका सादृश्य माना जा सकता है, और उनका नाम है यम; और इतने दिन बाद स्वीकार करने में न डर है न दोष, कि हम मन-ही-मन यह कामना करते थे कि उपरोक्त देवता के यहाँ जाने में उन्हें और देर न हो।

पर यह अच्छी तरह समझ में आ गया था कि नरदेवता जैसा दुष्ट कुछ नहीं है। स्वर्ग में रहनेवाले देवता कोई उपद्रव नहीं करते। पेड़ पर से एक फूल तोड़कर दे दो तो खुश हो जाते हैं, न दो तो तकाजा करने नहीं आते। हमारे नरदेवता गण बहुत ज्यादा चाहते हैं, और हमारी तिलभर भूल होते ही दोनों आँखें खून के से लाल रंग को करके डाँटने आते, तब वे किसी तरह देवता जैसे नहीं दिखते।

बच्चों को तंग करने के लिए हमारे शिवनाथ पंडित के पास एक अस्त्र था, वह सुनने में जितना मामूली लगता था, उतना ही भयानक था। वे लड़कों के नये नाम रखते थे। नाम चीज तो सिर्फ शब्द है और कुछ नहीं किन्तु अधिकतर लोग अपने से ज्यादा अपने नाम को प्यार करते हैं; अपने नाम के प्रचार के लिए लोग क्या-क्या कष्ट नहीं सहते, यहाँ तक कि नाम को बचाने के लिए लोग अपने आप मरने में भी नहीं झिझकते।

ऐसे नाम के प्रेमी मनुष्य के नाम को विकृत कर देने से उसके प्राणों से प्रिय स्थान पर आघात पहुँचाना होता है। यहाँ तक कि जिसका नाम भूतनाथ है उसे अगर नलिनीकान्त बुलाओ तो भी उसे असहा लगता है।

इससे यह पता चलता है कि मनुष्य वस्तु से अवस्तु को ज्यादा मूल्यवान समझता है, सोने से ज्यादा वाणी, प्राणों से अधिक मान और अपने से ज्यादा अपने नाम को बड़ा समझता है।

मानव-स्वभाव में छिपे इन सब गृढ़ नियमों को जानने वाले पंडित महाशय ने जब शशिशेखर को भेटकी (एक प्रकार की मछली) नाम दिया तब वह बहुत दुखी हो उठा। खासकर उस नामकरण में उसके चेहरे की तरह खास इशारा है जानकर उसकी आन्तरिक पीड़ा दुगुनी हो उठी, फिर भी शान्त भाव से सब कुछ सहकर चुप रहकर बैठना पड़ा।

आशु का नाम था गिन्नी, पर उसके साथ थोड़ा इतिहास जुड़ा था।

आशु बेचारा पूरी क्लास में सबसे शरीफ था। किसी से कुछ नहीं कहता था, बहुत शरमीला था; लगता है उम्र में भी सबसे छोटा था, सब बातों में सिर्फ धीरे- धीरे मुस्कराता रहता था; अच्छी तरह पढ़ता था; स्कूल के बहुत-से लड़के उससे दोस्ती करने को तैयार रहते थे पर वह किसी लड़के के साथ नहीं खेलता था, और छुट्टी होते ही पलभर की देरी किए बिना घर चला जाता था।

पत्ते के दोने में दो-एक मिठाई और काँसे के छोटे-से लोटे में पानी लेकर ठीक एक बजे घर से दासी आती थी। आशु को इससे बहुत शर्म आती थी; दासी के लौटने पर उसकी जान में जान आती थी। वह स्कूल का छात्र होने के अलावा भी कुछ है, यह स्कूल के लड़कों के सामने व्यक्त करना उसे अच्छा नहीं लगता था। वह घर का कुछ है, माँ-बाप का बेटा है, भाई-बहनों का भाई है, यह जैसे गुप्त बात है, यह वह साथियों को बताना नहीं चाहता था, उसकी यही कोशिश रहती थी।

पढ़ाई-लिखाई के बारे में उसमें कोई कमी नहीं थी, सिर्फ कभी-कभी क्लास में आने में देर हो जाती थी, और शिवनाथ पंडित जब इसका कारण पूछते तो वह कोई ठीक जवाब नहीं दे पाता था। इसलिए बीच-बीच में उसकी बहुत भर्त्सना की जाती थी। पंडित उसे घुटनों पर हाथ रखकर पीठ नीची करके बरामदे में सीढ़ियों के पास खड़ा कर देते थे; चारों क्लासों के लड़के उस शरमीले अभागे बच्चे को इस स्थिति में देखते थे।

एक दिन ग्रहण की छुट्टी थी। उससे अगले दिन स्कूल आकर पंडितजी महाराज चौकी पर बैठे और दरवाजे की तरफ देखा, एक स्लेट और स्याही के दागों वाले कपड़े के थैले में किताबें कसकर पकड़े हुए और दिनों से ज्यादा सकुचाता आशु क्लास में घुस रहा था।

शिवनाथ पंडित ने सूखी हँसी हँसते हुए कहा, 'ये लो गिन्नी आ रही है।'

इसके बाद पढ़ाई खत्म होने पर छुट्टी से पहले उन्होंने सब छात्रों को सम्बोधन करके कहा, 'सुनो, तुम सब सुनो।'

धरती की सारी गुरुत्वाकर्षण शक्ति पूरे जोर से बच्चों को नीचे की तरफ खींचने लगी; पर बेचारा आशु उसी बेंच के ऊपर धोती की चुन्नटें और दोनों पैर लटकाए पूरी क्लास के बच्चों का निशाना बना बैठा रहा! अब तक आशु की बहुत उम्र हो चुकी होगी, और उसके जीवन में बहुत-से ज्यादा बड़े सुख-दुख लज्जा के दिन आए होंगे इसमें सन्देह नहीं है, पर उस दिन की बालक के हृदय की स्थिति के इतिहास की किसी दिन से तुलना नहीं हो सकती।

मामला बहुत मामूली था और दो बातों में खत्म हो जाता है।

आशु की एक छोटी बहन है; उससे छोटी हमउम्र न कोई बहन है न सहेली, अतरू वह आशु के साथ ही खेलती रहती है।

आशु वगैरह के घर का पोर्च लोहे की रेलिंग और एक गेट में है। उस दिन खूब बादल और बारिश थी। हाथों में जूते और सिर पर छतरी लगाए जो दो-चार पथिक सड़क पर चल रहे थे, उन्हें किसी तरफ देखने का समय नहीं था। उस बादलों से अँधेरे, बारिश की आवाज वाले छुट्टी के दिन आशु और उसकी बहन पोर्च की सीढ़ी पर बैठे खेल रहे थे।

उस दिन उनकी गुड़िया की शादी थी। उसी के इन्तजाम के बारे में आशु बड़ी गम्भीरता से अपनी बहिन को उपदेश दे रहा था।

बहस यह उठी कि पुरोहित किसे बनाया जाए। बच्ची ने झट से दौड़कर एक से पूछा, 'क्यों जी, तुम हमारे पुरोहित बनोगे?'

आशु ने पीछे घूमकर देखा, भीगी छतरी बन्द करके आधी भीगी हालत में शिवनाथ पंडित उनके पोर्च में खड़े थे; सड़क से जा रहे थे, बारिश तेज होने पर यहाँ शरण ली थी। बच्ची ने उनसे गुड़िया की शादी में पुरोहित का काम करने का प्रस्ताव रखा।

पंडितजी को देखते ही आशु अपना खेल और बहिन सब छोड़कर एक दौड़ में घर में छिप गया। उसका छुट्टी का दिन मिट्टी में मिल गया।

अगले दिन जब शिवनाथ पंडित ने सूखी हँसी के साथ इस घटना को भूमिका के रूप में सबके सामने सुनाकर आशु को 'गिन्नी' का नाम दिया, तब पहले तो वह जैसे हर बात में धीरे से हँसता है वैसे हो हँसकर चारों तरफ देखकर मजाक में शामिल होने की कोशिश करने लगा; तभी घंटा बजा, बाकी सब क्लासें भी छूट गईं, और पत्ते के दोने में मिठाई तथा काँसे के लोटे में पानी लेकर दासी आकर दरवाजे पर खड़ी हो गई।

तब हँसते-हँसते उसका मुँह-कान सब लाल हो उठे, दुखते सिर की नसें फूल उठीं और उमड़ते आँसू किसी तरह रुकने को तैयार नहीं हुए।

शिवनाथ पंडित आरामगृह में नाश्ता करके निश्चिन्तता से तम्बाकू पीने लगे-- लड़के खूब मजे से आशु को घेरकर 'गिन्नी' 'गिन्नी' करके चीखने लगे। वह छुट्टी के दिन का छोटी बहिन के साथ खेलना आशु को जीवन का सबसे लज्जाजनक भ्रम लगने लगा, धरती के लोग किसी भी समय उस दिन की बात भूल सकेंगे ऐसा उसे विश्वास नहीं हुआ।

संपादक

अपनी पत्नी के जीवनकाल में मुझे प्रभा की कोई चिन्ता नहीं थी। तब प्रभा की अपेक्षा उसकी माँ को लेकर ज्यादा व्यस्त रहता था।

उन दिनों सिर्फ प्रभा का खेल, उसकी हँसी देखकर, उसकी टूटी-फूटी बातें सुनकर और प्यार करके तृप्त हो जाता था; जब तक मन करता हिलाता-डुलाता, पर रोना शुरू होते ही उसकी माँ को गोद में सौंपकर उस झमेले से छूट जाता। यह बात कभी मेरे मन में भी नहीं आई थी कि उसे बड़ा करने में बड़ी मेहनत और चिन्ता करनी पड़ेगी।

असमय में मेरी पत्नी की मृत्यु होने पर बेटी माँ की गोद से मेरी गोद में आ पड़ी। मैंने उसे छाती से लगा लिया।

पर मैं ठीक से समझ नहीं पा रहा था कि मैं मातृहीना बेटी को दुगने स्नेह से पालने को अपना कर्तव्य मानकर उसके बारे में ज्यादा सोचता था या वह पत्नीहीन पिता को सँभालने के अपने कर्तव्य के बारे में ज्यादा सोचती थी। छह साल की होते न होते उसने मालकिन का भाव दिखाना शुरू कर दिया। साफ दिखता था कि इतनी- सी लड़की अपने पिता की एकमात्र अभिभावक होने की कोशिश करती थी।

मैंने मन-ही-मन हँसकर उसके हाथों में आत्मसमर्पण कर दिया। देखा, मैं जितना अकर्मण्य और असहाय होता हूँ उसे उतना ही अच्छा लगता है; अगर मैं अपनी धोती तह करके और छाता बन्द करके रख दूँ तो उसके चेहरे का भाव ऐसा हो जाता है जैसे उसके अधिकार में हस्तक्षेप किया जा रहा है। पिता जैसी बड़ी गुड़िया उसे इससे पहले कभी नहीं मिली थी, इसीलिए उन्हें खिला पिलाकर बिस्तर पर सुलाकर वह सारा दिन बहुत खुश रहती थी। केवल हिसाब और साहित्य पढ़ाते समय मेरे पितृत्व को थोड़ा सजग होना पड़ता था।

पर बीच-बीच में यह चिन्ता होने लगती थी कि लड़की को सत्पात्र से ब्याहते समय बहुत पैसों की जरूरत होगी––मेरे पास इतना रुपया कहाँ है। लड़की को अपनी सामर्थ्य के अनुसार पढ़ा-लिखा तो दिया, पर अगर एक पूरे बेवकूफ के हाथ में देनी पड़ी तो उसकी क्या दशा होगी।

कमाने की तरफ ध्यान देने लगा। सरकारी द"तर में नौकरी की उम्र निकल गई थी, दूसरे ऑफिस में जाने की क्षमता नहीं है। बहुत सोचने के बाद एक किताब लिखने का निश्चय किया।

बाँस की नली में छेद करके तेल या पानी नहीं रखा जा सकता, क्योंकि उसमें कुछ रोक सकने को ताकत ही नहीं रहती; उससे कोई काम नहीं लिया जा सकता, पर फूँक मारते ही बिना किसी खर्च के बाँसुरी अच्छी बजती है। मैं अच्छी तरह जान गया था कि जिस हतभागे की दुनिया के किसी काम में अकल नहीं चलती, वह अच्छी किताब जरूर लिख लेगा। इसी हिम्मत पर मैंने एक प्रहसन लिखा, जो लोगों ने अच्छा कहा और रंगभूमि पर अभिनय भी हुआ।

अचानक यश का स्वाद पाकर ऐसी मुश्किल हो गई कि किसी तरह प्रहसन लिखने का मोह नहीं छोड़ पाता था। पूरा दिन व्याकुल चिन्तित मुख से प्रहसन लिखने की चेष्टा करता रहता था। प्रभा आकर बड़े प्यार से स्नेहपूर्ण हँसी के साथ पूछने लगी, 'बाबा, नहाने नहीं जाओगे?' मैं खीझकर बोला, 'अभी जा, जा, अभी तंग मत कर।'

बच्ची का चेहरा फूँक से बुझाये गए दीपक की तरह काला हो गया होगा; कब वह अभिमान से भरी छाती लिए चुपचाप कमरे से बाहर चली गई मुझे पता भी नहीं चला।

दासी को भगा देता हूँ, नौकर को मारने को उठता हूँ, भिखारी गाता–गाता भीख माँगने आता है तो लाठी दिखाकर भगाता हूँ। मेरा घर सड़क के किनारे पर है इसलिए अगर कोई बेचारा पथिक खिड़की के बाहर से मुझसे रास्ता पूछे तो उसे जहन्नुम में जाने को कहता हूँ। हाय, कोई नहीं समझता था कि मैं एक बहुत मजेदार प्रहसन लिख रहा था।

पर लिखने में जितना मजा आ रहा था और जितना यश मिल रहा था उतने पैसे नहीं मिल रहे थे। तब पैसों की बात मन में भी नहीं आ रही थी। इधर प्रभा के योग्य बर दूसरे शरीफ लोगों को उनकी कन्या के दायित्व से मुक्त करने के लिए समृद्ध परिवारों की तरफ बढ़ने लगे, इस तरफ मेरा ध्यान भी नहीं गया।

पेट में आग लगे बिना होश नहीं रहता था, पर इन्हीं दिनों एक अच्छा मौका मिला। जाहिर गाँव के जमींदार ने एक अखबार निकाला और मुझसे उसका वेतनभोगी संपादक बनने का अनुरोध किया। मैंने काम ले लिया और

कुछ इतने जोश से लिखने लगा कि सड़क पर चलता था तो लोग उँगली से इशारा कर मुझे दिखाते थे और मैं अपने को मध्याह्न की तपन के समान तीव्र समझने लगा जिसे दूसरे देखने में असमर्थ थे।

जाहिर गाँव के पास ही आहिर गाँव था। दोनों गाँवों के जमींदारों में बहुत होड़ा-होड़ी थी। पहले बात-बात पर लाठी चलती थी। अब दोनों पक्षों ने मजिस्ट्रेट को मुचलका देकर लाठी बंद कर दी और मुझ बेचारे भगवान के जीव को खूनी लठैतों की जगह नियुक्त कर दिया। सभी कहने लगे कि मैंने अपनी पदमर्यादा की रक्षा की।

मेरे लिखने से परेशान आहिर गाँव सिर नहीं उठा पा रहा था। मैंने उनके जातिकुल तथा पूर्वपुरुषों का पूरा इतिहास आद्योपांत स्याही में उतार दिया।

यह समय अच्छा था। मैं खूब मोटा-ताजा हो उठा था। सदा हँसता हुआ और खुश दिखता था। आहिर गाँव के पूर्वपुरुषों को निशाना बनाकर एक-एक मर्मान्तक वाक्य के तीर छोड़ता था; पूरा जाहिर गाँव हँसते-हँसते पके फूँट की तरह फट जाता था। बड़ी खुशी से समय कट रहा था।

अन्त में आहिर गाँव ने भी एक अखबार निकाला! वे कोई बात छिपाकर नहीं कहते थे। ऐसे उत्साहपूर्वक शुद्ध प्रचलित भाषा में गाली छापते थे कि छपे हुए अक्षर तक आँखों के सामने चीत्कार कर उठते थे। इसलिए दोनों गाँवों के लोग उसकी बात साफ-साफ समझ जाते थे।

पर मैं अपनी हमेशा की आदत के अनुसार इतने कूट कौशल के साथ विपक्ष पर हमला करता था कि शत्रु-मित्र कोई भी मेरी बात का मर्म नहीं समझ पाता था।

उसका फल यह हुआ कि मेरे जीतने पर भी सब सोचते कि मैं हार गया हूँ। सिर पड़ने पर मैंने सुरुचि के बारे में एक उपदेशपूर्ण लेख लिखा। देखा भारी गलती कर दी; क्योंकि सच में अच्छी चीज का मजाक उड़ाना जितना आसान है, उतना हास्यास्पद विषय का नहीं। हनूवंशी मनुवंशियों का जितनी आसानी से मजाक उड़ाते हैं, मनुवंशी उतनी सफलता से हनूवंशियों की खिल्ली नहीं उड़ा पाते। नतीजा यह कि वे सुरुचि को दाँतों से उखाड़कर देश छोड़ गए।

इस बीच लोग मेरे प्रहसनों की बात पूरी तरह भूल गए। सहसा ऐसा लगा जैसे मैं एक दियासलाई की तीली हूँ जो पल-भर को जलकर पूरी तरह खत्म हो चुकी थी।

मन इतना निरुत्साहित हो गया था कि सिर फोड़ने पर भी एक लाइन तक नहीं लिख पा रहा था। ऐसा लगने लगा कि जीवन में कोई सुख नहीं है।

प्रभा मुझसे डरने लगी थी। मेरे बिना बुलाये वह मेरे पास आने की हिम्मत नहीं करती थी। वह समझ गई थी कि हँसी की कहानी लिखने वाले बाबा से मिट्टी की गुड़िया ज्यादा अच्छी सहेली है।

एक दिन देखा आहिर-ग्राम-प्रकाश जमींदार को छोड़कर मुझे ले बैठा था। कुछ बहुत बुरी बातें मेरे बारे में लिखी थीं। मेरे परिचित बंधु-बांधव एक-एक करके आते गए और हँसते-हँसते उस अखबार की बात सुना गए। किसी-किसी ने तो यहाँ तक कहा कि इसका विषय कैसा भी क्यों न हो, भाषा में शक्ति है अर्थात जिसने गाली दी उसकी बात साफ समझ में आ जाती है। दिन-भर में बीस आदमी यही बात सुना गए।

मेरे घर के सामने एक छोटा बगीचा-सा है। साँझ को बहुत दुखी मन से वहाँ घूम रहा था। पक्षी जब घोंसलों में लौटकर, कलरव बन्द करके संध्या की शान्ति को आत्मसमर्पण कर चुके, तब अच्छी तरह समझ गया कि पक्षियों में रसिक लेखकों का दल नहीं है और सुरुचि लेकर तर्क नहीं होता।

मन में सिर्फ यही सोच रहा था कि क्या उत्तर दिया जाए। भद्रता की एक खास असुविधा यह है कि सब लोग उसे समझ नहीं पाते जबकि अभद्रता की भाषा प्रायरू सबकी परिचित होती है, इसीलिए सोच रहा था ऐसे भावों के मुँह के लायक जवाब लिखना पड़ेगा। मैं किसी तरह हार नहीं मान सकता। उसी समय साँझ के अँधेरे में से एक परिचित छोटी-सी आवाज सुनाई पड़ी, साथ ही मेरी हथेली पर एक कोमल गरम स्पर्श हुआ। पर मैं इतना परेशान और अन्यमनस्क था कि उस पल उस स्पर्श और स्वर को जानते हुए भी नहीं जान पाया।

एक पल के बाद वही स्वर फिर से मेरे कानों में पड़ा, वही अमृतमय स्पर्श मेरे हाथों में जीवंत हो उठा। लड़की ने धीरे से मेरे पास बैठकर कोमल स्वर में एक बार कहा, 'बाबा!' कोई उत्तर न पाकर मेरा दाहिना हाथ पकड़कर उठाया और अपने कोमल गालों पर फिराकर धीरे-धीरे घर लौट गई।

बहुत दिन से प्रभा ने मुझे न तो ऐसे पुकारा था न ऐसे अपने आप आकर इतना प्यार किया था। इसीलिए आज उस स्नेह-स्पर्श से मेरा मन सहसा अत्यन्त व्याकुल हो उठा।

कुछ देर बाद कमरे में लौट कर देखा, प्रभा बिस्तर पर लेटी हुई थी। शरीर शिथिल, आँखें कुछ बन्द; दिन के खत्म होने पर झर जाने वाले फूल-सी लग रही थी। माथे पर हाथ लगाया तो देखा बहुत गरम था; साँसें भी गरम थीं; माथे की नस जैसे दपदप कर रही थी।

समझ गया, बच्ची आने वाले बुखार के ताप से घबराकर प्यासा हृदय लिए पिता का स्नेह पाने गई थी, जो उस समय जाहिर गाँव प्रकाश के लिए एक सख्त जवाब के बारे में सोच रहा था।

पास आकर बैठा। बच्ची ने कुछ नहीं कहा, सिर्फ मेरा हाथ खींचकर अपनी दोनों जलती हथेलियों के बीच लेकर उस पर अपना गाल रखकर चुपचाप लेटी रही।

जाहिर गाँव और आहिर गाँव के जितने अखबार थे, मैंने सब जला डाले, कोई जवाब नहीं लिखा। हार मानने में ऐसा सुख पहले कभी नहीं मिला था।

जब बालिका की माँ मरी थी, तब उसे अपनी गोदी में खींच लिया था, आज उसकी सौतेली माँ का अन्तिम संस्कार समाप्त करके फिर से उसे छाती से लगा लिया।

फूल का मूल्य

1

शीतकाल के दिन थे। शीतकाल की प्रचंडता के कारण पौधे पृष्पविहीन थे। वन-उपवन में उदासी छाई हुई थी। फूलों के अभाव में पौधे श्रीहीन दिखाई दे रहे थे।

ऐसे उदास वातावरण में एक सरोवर के मध्य कमल का फूल खिला हुआ देखकर उसका माली प्रसन्न हो उठा। उस माली का नाम सुदास था। ऐसा सुंदर फूल तो कभी उसके सरोवर में खिला ही नहीं था। सुदास उस फूल की सुंदरता पर मुग्ध हो उठा। उसने सोचा कि मैं यदि यह पुष्प राजा साहब के पास लेकर जाऊँगा, तो वह प्रसन्न हो उठेंगे। राजा साहब पुष्पों की सुंदरता के दीवाने थे। इस शीतकाल में जब पुष्पों का अभाव है, तब इतना सुंदर पुष्प देखकर उसे इसका मनचाहा मूल्य मिलने की उम्मीद थी।

उसी समय एक शीत लहर आई। सुदास को लगा कि यह पवन भी कमल के खिलने पर अपनी प्रसन्नता प्रकट कर रही है। माली को यह सब शुभ लक्षण लगे।

2

वह सहस्त्रदल कमल के फूल को देखकर मन-ही-मन फूला नहीं समा रहा था। वह उस फूल को लेकर राजमहल की ओर चल पड़ा। वह मनचाहे पुरस्कार की कामना में डूबा हुआ था। राजमहल पहुँचकर उसने राजा को समाचार भिजवाया। वह विचारमग्न था कि अभी उसे राजा बुलाएँगे। राजा इस सुंदर पुष्प को देखकर अत्यंत प्रसन्न हो उठेंगे। अच्छे मूल्य की अभिलाषा में वह यत्नपूर्वक उस पुष्प को पकड़े हुए उसे प्रेमपूर्वक निहार रहा था।

राजमहल के बाहर खड़ा वह राजा द्वारा बुलाए जाने की प्रतीक्षा कर ही रहा था कि तभी राजपथ पर जाता हुआ एक सभ्य पुरुष कमल के फूल की सुंदरता पर मुग्ध होकर सुदास के पास आकर पूछने लगा–'फूल बेचोगे?'

"मैं तो यह फूल राजा जी के चरणों में अर्पित करना चाहता हूँ।"-सुदास यह उत्तर देकर चुप हो गया।

"तुम यह फूल राजा जी को देना चाहते हो, किंतु मैं तो यह फूल राजाओं के भी राजा जी के चरणों में अर्पित करना चाहता हूँ। भगवान तथागत यहाँ पधारे हैं। बोलो, तुम इसका क्या दाम लेना चाहते हो?"

"मैं चाहता हूँ कि मुझे इसके बदले एक माशा स्वर्ण मिल जाए।"

उस पुरुष ने तत्काल यह मूल्य स्वीकार कर लिया।

3

तभी शहनाइयाँ बज उठीं। मंगल बाद्य बज उठे। सुंदर थाल सजाए हुए सुंदर युवतियों का झुंड उधर ही चला आ रहा था। राजा प्रसेनजीत पैदल ही भगवान बुद्ध के दर्शनों के लिए जा रहे थे। नगर के बाहरी भाग में वे विराजमान थे। सुदास के पास कमल का फूल देखकर वे प्रसन्न हो उठे। इस प्रचंड शीत में फूल कहीं ढूँढने से भी नहीं मिल रहे थे। ऐसे में इतने सुंदर पुष्प को देखकर उनका मोहित होना स्वाभाविक ही था। उनकी पूजा की थाली में पुष्प की ही कमी थी।

राजा जी ने सुदास से पूछा-"इस फूल का क्या मूल्य लोगे?"

सुदास बोला-"महाराज, फूल तो यह सज्जन ले चुके हैं।"

'कितने में?'

'एक माशा स्वर्ण में।'

'मैं तुम्हें इस पुष्प के बदले दस माशा स्वर्ण दूँगा।'

राजा जी की वंदना करके उन सज्जन ने कहा- 'सुदास, मेरी तरफ से बीस माशे स्वर्ण ले लो।'

राजा जी से निवेदन करते हुए वह सज्जन बोला-'महाराज, आप तथा मैं दोनों ही तथागत के चरणों में यह पुष्प अर्पित करना चाहते हैं। इसलिए आप और मैं इस समय राजा या प्रजा न होकर दो भक्तों की तरह ही व्यवहार करें तो ज्यादा उचित रहेगा। भगवान की दृष्टि में सभी भक्त एक समान होते हैं।'

मधुर वाणी में राजा प्रसेनजीत ने कहा- 'भक्तजन, मैं आपकी बात सुनकर प्रसन्न हुआ। आप इस पुष्प के लिए बीस माशा दे रहे हैं, तो मैं इसका मूल्य चालीस माशा स्वर्ण देने के लिए तैयार हूँ।'

'तो मेरे।।।।।'

भक्त के वाक्य पूरा करने से पहले ही सुदास बोल पड़ा-"हे राजन् एवं भक्तजन, आप दोनों ही मुझे क्षमा करें। मुझे यह पुष्प नहीं बेचना है।" इतना कह कर वह यहाँ से चल पड़ा। वे दोनों आश्चर्यपूर्वक उसे देखते रह गए।

4

सुदास पुष्प लेकर गौतम बुद्ध के स्थान की ओर चल पड़ा। वह सोच रहा था कि जिस बुद्ध देव को देने के लिए यह दोनों इस पुष्प की इतनी कीमत देने को तैयार हैं, यदि मैं स्वयं ही उन्हें यह पुष्प अर्पित करूँ, तो मुझे और अधिक धन की प्राप्ति होगी।

वह महात्मा बुद्ध के स्थान की ओर चल पड़ा। उसने देखा कि एक वट वृक्ष के नीचे महात्मा बुद्ध ध्यानमग्न पद्मासन्न अवस्था में बैठे थे। उनके मुख पर एक अद्भुत आभा थी, चेहरे पर अद्भुत तेज था, ओठों पर हास्य की स्मित रेखा थी। पूरा व्यक्तित्व एक अनूठा प्रभाव लिए हुए था।

सुदास उन्हें देखकर अपने होशो-हवास भूलकर आदरपूर्वक निर्निमेष भाव से उन्हें निहारने लगा। आगे बढ़कर उसने आदरपूर्वक उनके चरणों में वह फूल अर्पित कर दिया। उसका तन-मन एक अलौकिक सुख का अनुभव कर रहा था।

महात्मा बुद्ध ने उससे प्रश्न किया-'हे वत्स! क्या चाहिए? आपकी क्या इच्छा है?'

सुदास मधुर स्वर में बोला-'कुछ नहीं, बस आपका आशीर्वाद चाहिए।'